# 哥布林殺手外傳：第一年

GOBLIN SLAYER! SIDE STORY: YEAR ONE

The Dice is Cast.

哥布林殺手外傳
GOBLIN SLAYER! SIDE STORY: YEAR ONE
The Dice is Cast.
：第一年

© Shingo Adachi
哥布林殺手外傳
GOBLIN SLAYER! SIDE STORY: YEAR ONE
：第一年
The Dice is Cast.

© Shingo Adachi
「我等你回來，
所以，這次——」

回去後想對他說的話。
沒能回去的地方。
自己回不去了。
沒有回去。不回去了。
© Shingo Adachi

毀了一座村子，世界仍會繼續轉動。
死了一個人類，世界仍會繼續轉動。
骰子仍會繼續擲出。
© Shingo Adachi

——與我何干。

# Contents

GOBLIN SLAYER! SIDE STORY: YEAR ONE

The Dice is Cast.

GOBLIN SLAYER!
YEAR ONE

哥布林殺手外傳
GOBLIN SLAYER! SIDE STORY: YEAR ONE
The Dice is Cast.
：第一年
蝸牛くも Kumo Kagyu
繪者／足立慎吾 Shingo Adachi

# 序章

## 「於是世界得到了救贖」(Campaign Climax)

地平線染成一片黑色。
即將西沉的夕陽，照亮一群黑色異形。
遼闊的原野瀰漫西風帶來的腐臭味。
活屍(Zombie)、食屍者(Ghoul)、骸骨兵(Skeleton)、幽鬼(Wraith)……
以及滴著骯髒液體、面帶嘲諷笑容的魔神們(Demon)。
那是亡者的軍勢。
那是暗黑的兵團(Army of darkness)。
那是「秩序」勢力最大最凶惡的仇敵。
面對「混沌」大軍，年輕王太子揉了揉僵硬的手。
金剛石(Diamond)製成的裝備輕盈如羽，因此他的手會發僵乃緊張所致。
擁有祈禱之人(PC)的軍勢在小丘上布陣，王太子正是他們的大將。
在丘陵底部面對敵軍，排好隊列的同胞，瞥了王太子一眼。

Goblin Slayer
YEAR ONE
The Dice is Cast.

王太子必須率領翹首等待他下達號令的眾人，對抗那群惡鬼。

不是贏不贏得了的問題。

是非贏不可。

更重要的是，決定戰鬥結局的人並不是他們。

在場全員都只不過是拯救世界之人的幫手。

並且準備為此而死——

「殿下，殿下！大家都準備好了！」

與戰場氣氛格格不入的明亮聲音，將陷入沉思的王太子喚回現實世界。

定睛一看，一名矮小的年輕人正從軍隊中探出頭。

王太子對率領數名自稱義勇兵的圃人（Rare）的頭目，微微揚起嘴角。

「是嗎。那麼，隨時都能上囉。」

「大概吧。森人（Elf）跟礦人（Dwarf）都殺氣騰騰的，可怕喔。」

蜥蜴人（Lizardman）反倒一副超開心的樣子——年輕圃人竊笑著說。

「對他們而言，戰鬥才是極上的喜悅。真可靠。」

「也是啦。大家願意挺身而戰的話，咱們在那邊東奔西跑就值得咧。」

擅長隱身的圃人們勤奮地擔任傳令員，平常事不關己的態度蕩然無存。

面對這僅僅數名具有勇氣的小人兒，豈能叫他們抄起武器殺進敵陣。

當初王太子這麼說的時候，他們笑著回答：「要是有凡人（Hume）殺不死的敵人怎麼辦？」

不過，王太子賦予的傳令這個任務，似乎很適合他們的天性。

毫不畏懼地在魔法與兵器交錯的戰場上奔跑的模樣，恐怕沒人模仿得來。

——圃人真是了不起的種族。

「那麼可否請你告訴大家，一有信號就開始行動？跟之前商量的一樣。」

「計畫不變的意思。瞭解哩。」

才剛說完，圃人便瞬間消失。在隱形技術上，沒有種族比得過他們。

不對，要說的話，凡人（Hume）論弓比不過森人，論斧比不過礦人，論戰比不過蜥蜴人。

王太子只是凡人的總大將。

森人、礦人、蜥蜴人、圃人，不過是基於善意在配合他。

他對此深深感謝，吁出一大口氣，從凳子上起身。

「施展解咒（Turn Undead）了嗎？得跟那群傢伙打聲招呼才行。」

「是的，殿下。」

擔任知識神最高位祭司的老嫗開口答道。

明明已不是可以上戰場的年紀，她卻挺直背脊站在這裡。

「但那些亡者並非詛咒，而是類似疾病的存在。只有少數回歸塵土……」

「我想也是。好，我明白了。」

王太子吸了口氣，吐出來。手握拳，再張開。

「諸位，天秤乃是殘酷的，骰子則令它更加無情。我等的命運無人知曉。」

軍隊中的將軍及幕僚們，默默面向自己的君主——王太子。

宮廷魔法師使用了珍貴、卻有必要在此刻使用的法術，令王太子的聲音隨風擴散。

他霸氣磅礴的話語，想必能清晰傳遍整個「秩序」軍團。

「也許『秩序』總有一天會滅亡。也許一切終將燒毀，我等亦被世人遺忘。」

王太子放聲說道，執起愛馬的韁繩。

他踩上馬鐙，身體一翻便坐到了鞍上。很久沒有做的動作。整個過程只在一瞬間。

他不經意地望向旁邊，穿戴各種裝備的禁衛兵們正在竊笑。

種族、身分、兵科都不盡相同，有點邋遢的年輕人們聚集在一起，怎麼看都不像精銳。

王太子笑道「你們這些傢伙」，放下金剛石頭盔的面罩。

一起闖過迷宮、爭得勳章、升上禁衛的夥伴們。

啊啊，真的是——跟冒險截然不同。

「然而，這對他們來說也一樣。骰子固然殘酷，卻是公平的。」

此處是信任自己的萬人大軍；彼處是企圖侵蝕世界的萬千怪物。

王太子凝視著這一切，堂堂喊出最後一句話：

「勝算確實存在。一定要掌握住！」

呼聲響起。

音量大到足以令在地平線另一端蠢動的怪物不禁後退一步。

敲擊兵器、聲嘶力竭地怒吼，踩踏大地，提振士氣。

去死吧惡魔。去死吧混沌。別以為你們贏得了。看我把你們轟回原來的次元。

「神蹟啊！」

第一道命令響起。分散配置在整個隊伍中的從軍祭司們，向神明獻上祈禱。

天上的諸神啊，請守護我等。請救贖我等。請將勝利賜予我等。

聖壁(Protecion)、祝福(Bless)、聖戰(Jihad)的光輝。

包括至高神、地母神、知識神、交易神以及戰神在內的諸神神蹟。

王太子點點頭。敵軍八成也會祭出恐怖邪神的權能，不過……

「弓兵，第一射，滿弓！」

凡人獵人們，以及森人之王率領的熟練獵師們使勁拉弓。

目標是斜上方。凡人們面色凝重，森人們則始終帶著從容不迫的笑容。

這也是理所當然。他們與弓共度的時間，漫長得無法想像，每個動作都跟呼吸一樣輕鬆。

「放！」

森人的箭迅速射出，速度、高度、距離是凡人的三倍。

箭雨在空中劃出巨大圓弧，直達天際，朝「混沌」軍勢降下。

箭鏃為銀所製，被射中的亡者不可能毫髮無傷。

同時，魔神們的軍勢傳出破布隨風飄動般的啪吵啪吵聲。

黑影接連飛到空中，直接撞向箭雨。

是巨大蝙蝠（Giant Bat）。

一如其名，巨翅如屋簷似的張開，蝙蝠們展現讓人不禁同情的忠誠心，保護同伴。

多虧那些發出尖銳叫聲墜落的蝙蝠，箭雨對敵方造成的損傷微乎其微。

該視為箭矢被防禦住了，還是該當成削弱了敵方的飛行戰力？當然是後者。

「真是愚蠢，竟然選擇飛到空中。」

聽見王太子在冒險途中說過的話，旁邊的禁衛兵忍不住偷笑。

玩笑話是有益處的，可以讓人放鬆。此乃王太子在冒險過程中得到的眾多寶物之一。

「好，繼續！咒文詠唱，齊射！」

主導權（Initiative）在我們手中。不能給敵人反擊的機會。

宮廷魔法師們舉起手杖，高聲朗誦擁有真實力量的話語。

他們召喚出的主力是「火球（Fireball）」，能將敵人一舉炸飛。

射出的火球帶著藍白色火焰命中，在敵陣爆裂。

惡魔的爪牙伴隨爆炸聲，如木屑似的飛到空中，四分五裂。

不過，看得出火球的威力下降了好幾成。

事先準備好防禦手段的，不只他們這些凡人。

單就「與魔之理同在」這層意義上，不如說那群魔神才更——……

「DEEEEVLLIIVVVVIL！」

這時，魔神也終於開始行動。

令人不快的異界音律響起的瞬間，像小石子般的堅硬蟲群襲向「秩序」軍。

蟲子發出如同低鳴的刺耳振翅聲飛來，被神聖障壁彈開。

大部分都由神的神蹟順利阻擋，然而突破防線的蟲子也稱不上少。

士兵、騎士、弓兵、法師、僧侶，轉眼間被咬得全身是洞，嚥下最後一口氣。

「別害怕！」

王太子自己的頭盔也被蟲子撞得凹陷下去，拔出劍指向前方。

「前鋒，突擊（Charge）！」

騎士們鞭策愛馬，隨著聲聲馬嗚向前衝刺，馬蹄聲撼動大地。

與此同時，蜥蜴人的突擊隊也跟著低沉詭譎的戰鼓聲飛奔而出。

身穿厚重鎧甲的騎士，以及拿著粗劣武器或赤手空拳的蜥蜴人戰士。

截然不同的兩支部隊，戰鬥力卻值得信賴。

「DAAAEEMEMMEMMEOOON！」

魔神的咆哮傳來，死靈騎士（Dullahan）於自「火球」造成的混亂中重整態勢的敵陣現身。

馬匹奔騰的速度加上騎士的重量，賦予他們的騎槍足以讓城壁崩塌的威力。

兩者在戰場上衝突，其激烈程度自是筆墨難以形容。

金屬與金屬的撞擊聲響徹四周，雙方的騎士無不一個個被震飛。

有的被長槍連盾一起刺穿，有的從馬背上摔落而粉身碎骨，或是遭馬蹄踐踏。

戰場轉眼間橫屍遍野，然而，戰爭當然不會就此結束。

「噢噢，請明鑒，請明鑒！始祖之（Archaeopteryx）末裔乃一根利牙！」

蜥蜴人如影子般殺入敵陣，惡魔的慘叫聲接連傳來。

爪、爪、牙、尾。無畏的龍之子們，展現出不辱其名的英姿。

從天之火在遠古時期降下後，不知過了多少歲月，我等早就體會過滅亡的滋味——他們如此吶喊。

然而，穿過騎兵陣的死靈騎士也從未停下。

這樣下去，他們想必會用染滿鮮血的長槍蹂躪我軍。

「布下槍陣！」

而步兵的任務就是阻擋他們。

排成三列的士兵將長槍尾端刺進地面，擺好上中下三段的槍陣。

尋常馬匹照理都會害怕槍尖，然而化為惡鬼、面無血色的馬卻不會因此畏懼。

死靈騎士們衝進槍陣，因為前方遭到阻擋而焦躁地揮下武器。

做為區區路障的長槍，槍柄被直接砍斷，連帶使槍兵的頭都——

「嘿！來吧來吧！」

礦人們立刻使出碎盾技。

他們以手上的鉤子扣住死靈騎士的盾、扯下來，拿戰斧猛砸。

揮下鎚子、揮下斧頭，擊碎盾牌後接著攻擊下一面。無所動搖，無所畏懼，擊碎軍勢，不斷上前。

用礦人的要塞（Dwarf Fortress）形容他們將軍隊推向前方的模樣，著實貼切。

——贏得了嗎？

不能怪王太子這麼想。只要一切都按照計畫進行，肯定贏得了。

原來如此，到目前為止，看起來說不定還是「秩序」方占上風。

可是，喔喔，看啊。

魔神們一使出法術，充滿瘴氣的魔風就吹過戰場。

暴露在瘴氣下的士兵們，血肉活生生地腐爛、溶解，紛紛倒下。

下一刻，他們緩緩起身，兩眼閃爍異樣的光芒，拿起武器。

沒有懷疑的餘地，他們變成亡者了。

接著是被活屍咬到、被食屍者咬到、靈魂被幽鬼凍結的人們。

理應回歸天地的戰死者，變成屍兵為敵方所用。

戰鬥拖得越久，「混沌」陣營想必會越來越壯大。

死者的黎明（Dawn of the dead）亦不遠矣——

「無須畏懼！那些身軀不屬於他們！擊潰眼前的敵人，奪回戰友！」

王太子吼道，表情卻透出一絲焦急。

他在前鋒的右翼、左翼皆配置了精銳騎士。

若他們能順利殺出重圍，繞到魔神後方包圍敵軍就好了……

在此之前，不曉得會有多少騎士喪命？有多少人將淪為亡者？

不只這場戰役。

大戰結束後，該如何扶養人類？如何讓土地復甦？如何重建城鎮？

取得了勝利，真的就能拯救世界嗎——

「……」

——不。

連神都無法操控骰子擲出的點數，遑論非神之人。

王太子騎在馬上，用力握緊韁繩。先專注在這件事上吧。

無法只憑自己的才智做個了斷，令他非常焦躁、非常不甘。

決定戰爭結局的——是在遙遠的邊界。

挑戰死之迷宮（Dungeon of the dead）的六名冒險者。

§

該走囉。聽見頭目（Leader）的聲音，女祭司睜開眼睛。

不，說「睜開眼睛」或許不太正確。她的視野被黑暗遮蔽了很長一段時間。

汙濁的瘴氣、石頭地冰冷的觸感、彷彿要將人壓垮的壓力。

上面應該也差不多要開始了。頭目一面檢查武器，一面喃喃說道。

女祭司彷彿現在才想起來，他們在墓室跟墓室間的走道休息。

細微的喀嚓聲，是頭目鎧甲上的金屬片碰撞出的熟悉聲響。

八成是跟平常一樣，正在檢查單刃的彎刀。

「還好嗎？」

突然有人跟她說話，使女祭司猛然回神。

是女魔法師的聲音。身為良家子女的她，聲音也很柔和。

「嗯，完全沒事。」

女祭司努力以精神百倍的聲調回答，站起身，以免讓同伴擔心。

「有事要說喔。那孩子真的很不會為女生著想。」

每次都被女魔法師當小孩子看的頭目，「好啦好啦」隨口應聲。

「真是的。」

女魔法師像在鬧彆扭般鼓起臉頰，這副模樣顯得比她的實際年齡更加年幼，有種不可靠的感覺。

不過，負責指揮後衛，分配法術使用次數的她，深得整個團隊的信賴。

女祭司當然也一樣。她真的很感謝女魔法師對自己的各種關照。

雖然她有那麼點粗心大意……

「總之，得決定要前進還回頭。升降機離這裡沒多遠。」

如此低聲呢喃的，應該是蟲人僧侶。團隊裡面有兩位施法職並不罕見。

蟲人僧侶總是會慎重提供意見，或許是因為他在團隊中較為年長、經驗較為豐

富。

「因為等會兒的戰鬥，沒做好覺悟的傢伙跟上來只會礙手礙腳……」

他的語氣有點冷淡，但一行人全是老相識，無傷大雅。女祭司臉上浮現微笑。

蟲人僧侶喀吵喀吵地攤開自製地圖，用尖銳的爪子沿著通道劃。

「目前位於路線中段。看是要走到地下十樓，還是折返，我無所謂。」

「咱們法術都有省著點用，應該還行唄。」

半森人（Half Elf）盜賊用讓人感覺不到迷宮有多麼黑暗的輕佻語氣回答。

明明是盜賊卻擔任前鋒，而且還看不出疲勞的跡象。

不對，說不定他只是跟女祭司一樣，掩飾住了自身的疲憊……

神奇的是，他活潑的態度會讓人心情輕鬆起來，真該感謝他。

「不過法術跟體力、精神力是兩碼子事。累癱就完蛋咧。要不休息下？」

「哎呀，你累了嗎？」

呵呵呵。女戰士帶著意味深長的笑容，用長槍輕輕戳了下半森人盜賊。

就女人味來說，團隊的三名女性之內，她應該是最有魅力的。

那是因為她經歷過一段艱苦的時期——女祭司之所以能察覺到，是因為自己也一樣。

有這樣的過去還完全沒有表現出來，女祭司誠心覺得她很厲害。

「這樣不行。會被女生討厭喔？」

「要妳管。」

所以女戰士輕聲問她「對不對？」的時候，女祭司笑了出來。

剛開始雖然會對她感到自卑，如今兩人已經是一對好朋友、好夥伴。

至今以來的冒險若是少了任何一人——肯定無法這麼順利。

妳覺得呢？

「咦？」

忽然被人叫到，女祭司納悶地歪過頭。

默默聽著大家商量的頭目，對她拋出問題。妳覺得呢？

「呃……」

他總是這樣。看起來悠悠哉哉，其實一直都有顧慮到大家。

不會單憑一個人的意見下達結論，一定會詢問所有人的看法。

若非如此——她為何會決定跟隨他？

能來到這裡，是因為有這些夥伴。是因為他們願意等待自己站起來。

現在也是，大家願意一直等待她開口。

「……說得也是。搞不好不會有下一次機會。」

所以，現在的她已經學會表達意見。

「我想去做個了斷。」

那就走吧。頭目一這麼說，一行人就望向彼此，同時點頭。

「直接與敵人的頭頭決戰？有趣。技癢了。」

「嘿嘿嘿嘿，只要咱一出手，魔神王什麼的兩三下就解決啦！」

「那萬一我們輸掉，就是你的錯囉。」

「噢……」

「不會有問題的。大家都這麼可靠。」

妳也包含在內啊。頭目苦笑著對女魔法師說，邁步而出。

女祭司跟在後面，將天秤劍緊緊握在尚未發育的胸部前。

不曉得會有幾個人活下來。不曉得會在這場戰鬥中受多少傷。

說不定在地上戰鬥的人，每個都會死。

——不過。

世界一定能得到救贖。

第1章

『出身與經驗與邂逅』

Lifepath

Goblin Slayer

YEAR ONE

The Dice is Cast.

姊姊變得不再是姊姊後，過了三天。於是他決定行動。

姊姊叫他絕對不可以離開這裡，可是那個姊姊不再是姊姊了。

打個比方，被切開的肉跟活生生的牛，能夠劃上等號嗎？香腸跟豬也一樣。雞蛋不等同於小雞。小雞不等同於雞。雞不等同於肉，也不等同於雞蛋。

他——剛滿十歲的他，用手肘撐著身體，從地板縫隙間爬出來。

沾滿糞尿的褲子黏黏的，很癢，但不至於無法忍受。

比起這個，緊繃的關節又硬又痛，要努力不讓地板發出聲響更加痛苦。

幸好那些傢伙好像跑到其他地方鬧了，可是多小心一點也沒有壞處。

他學過人類在任何情況下肚子都會餓，神奇的是，他現在一點都不餓。

是因為他把泥土塞進口中，以免肚子因為聞到親人烤熟的氣味叫出來嗎？

這附近的泥土可以吃，鬧饑荒的時候就吃土——是姊姊教他的。

反而是喉嚨乾得跟在大熱天大玩過一場似的，頭也痛得不得了。

痛到他懷疑是不是有人配合心跳規律在敲他的太陽穴。

他沒有確認房間的狀況，在地板上爬行，前往廚房。

鍋子被翻過來了，菜刀被拿走了。水瓶也破了，不過底部沒事。

他跟狗一樣把頭塞進破掉一半的水瓶中，拚命灌水滋潤喉嚨，喘了口氣。

普通的水這麼美味的話，他就不會硬要姊姊幫他做砂糖水了。

他終於坐到地上，連嘴巴都沒擦，環視家中。

櫃子碎掉，裡面統統被搜括過，姊姊的衣服被扯出來，散落一地。

其中還有他在姊姊生日時送的緞帶。上面印著腳印。

裝飾在牆上的父親的弓斷成兩半，母親的藥袋被撕了開來，扔在旁邊。

——爸媽是什麼時候走的？

他試圖回想雙親的面容，卻跟平常一樣，腦中只浮現模糊的臉。

聽說獵兵（Ranger）父親和藥師母親，在他懂事前就因為傳染病而亡。

想幫大家治療的母親染上疾病，去山中找能補充精力的食物的父親，結果也病倒了。

之後就是由姊姊扶養他長大。

姊姊的下場，他看到了最後。

他用手撐著被砍得破破爛爛的床，緩緩起身。

房間亂成一團，被泥巴、血跡跟黏答答的什麼東西弄得滿是髒汙。
他覺得不對勁。為什麼呢？他歪過頭，然後立刻明白。
這裡已經不是他的家。家不再是家了。
他翻出藏在床下的寶箱。蓋子破掉，裡面被徹底翻過。
跟住在隔壁的那孩子一起玩時拿到的漂亮石頭、她塞給自己的押花、拿來當劍剛剛好的木棒。
統統被踩得稀巴爛、被奪走，永遠失去了。
他在箱子裡搜來搜去，以為自己抓住了父親的短刀。
刀柄是鷲頭形的短刀。姊姊說那是父親的遺物，將短刀託付給他。
但他抓住的短刀如今只剩刀鞘，他將刀鞘扔回箱中。
他邁出步伐，準備走到外面時，踩到了什麼東西。
是姊姊的錢包。平凡無奇的皮袋。不過上面繡著花的圖案。
拿起錢包，裡面的金幣發出細微碰撞聲。
他拉長繩子掛在脖子上，把錢包收進衣服底下。
然後用腰帶壓住錢包，避免發出聲音。
偷偷從門縫間窺探室外，確認沒看見那些傢伙，走出家門。
天空是一片汙濁的紅色。分不清是早上還是黃昏。

影子伸得長長的，他運用玩踩影子的訣竅貼在牆壁上，藏住自己的影子。

他慢慢沿牆壁移動，瞄向隔壁的房子。結果根本沒有看的必要。

隔壁家的樹上——本來掛著鞦韆玩的地方，現在吊著一對夫婦。

這三天以來能從地板下看見的東西，除了姊姊外就只有這個。

不過那東西早已不成人形，因此他沒有什麼特別的感覺。

——不知道那孩子怎麼了。

他不經意地這麼想，煩惱了一下該不該去找她，立刻意識到不用花時間思考這個問題。

如果她回來了，照理說會坐馬車回來，應該看得見馬車的殘骸。

既然沒看見，代表馬車沒有回來。

代表大家發現這個村莊遭到哥布林襲擊。

發現了，然後沒有任何人來。

遠方傳來熱鬧的鼓聲。營火燃燒的聲音。煮飯的聲音。

他握緊拳頭，咬住下唇。

無論拳頭握得再緊，牙齒咬得再用力，都沒有流出血來。

這令他非常不甘。

假如那些傢伙知道自己現在的感受，肯定只會嗤之以鼻。

僅此而已。襲擊下一座村落時，他們八成會把這件事忘得一乾二淨。

——去鎮上吧。

他從未離開村子過。也不知道城鎮離這裡有多遠。不知道走路能不能到。

可是，只有這個選擇。

身體忽然晃了下，跪倒在地。看來他連站起來的力氣都沒有。

——不過，他還是繼續向前。

在地上爬行，身體慢慢開始朝街道上移動。

他毫不在意手肘、膝蓋被沙子磨破，不斷向前爬。

在路上、草叢中、前幾天才走過的地方，不斷向前爬。

去街道上。經由街道前往城鎮吧。等到了那裡——等到了那裡，然後呢？

他將突然浮現腦海的無謂問題拋到腦後，匍匐前進。

經過一段漫長的時間。

周圍逐漸變暗，表示剛才看見的紅色天空是夕陽吧。

他沒有從泥土地上抬起頭，燦爛的星星及雙月正掛在頭頂綻放光芒。

快爬到村邊的柵欄了。之前他偷偷跟那孩子一起跑到那邊，結果被姊姊罵了一頓。

穿過柵欄，就是村外。

遇到這種狀況，他才第一次離開村莊。

「GROBB……！」

「GOOBRRB！GRO！」

然而，事情沒有那麼容易。

是那些傢伙。

體型跟他相去不遠，差不多和隔壁村的惡霸小孩一樣，但內在更加惡劣。

那些傢伙幹了什麼好事，他從頭到尾都看在眼裡。

也知道理應穿著跟破布一樣的衣服的那些傢伙，為什麼現在身上纏著光鮮亮麗的布。

他們手拿長槍，邋遢地靠在柵欄上。

他知道那是哨兵。因為他看過大人們會輪流在村莊入口看守。

有其他路線可以出去嗎？他思考著。腦袋一團亂，無法整理思緒。

儘管有幾條玩遊戲時發現的路線，他不覺得那裡會沒有那些傢伙看守。

他屏息藏在草叢中，那些傢伙目露凶光的眼睛突然望向這裡。

──他們看見了。

現在，他知道那些傢伙在黑暗中也能視物。不過沒意義了。

他用右手握緊石頭。站起身。舉起手。扔出石頭。

就算是晚上，也有月光及星光可供照明。石頭在空中劃出拋物線，飛得遠遠的。

「GOBORR!?」

慘叫聲傳來，某種東西被砸爛的聲音響起。

倒在地上的傢伙噴出鼻血，痛得滾來滾去，按著臉號啕大哭。

他驅使顫抖不已的雙腿，撿起另一顆石頭衝出去。

「GOOBRBRRB！」

本來在嘲笑同伴的傢伙見狀，拿起長槍刺向他。

他知道來不及。他心想我才不管那麼多。

另一隻傢伙氣得嘎嘎大吼，拿著槍站起來。

他心想吃屎去吧。用力握緊石頭。

已經生鏽的槍尖逼近，他知道自己肯定完了。

只不過，他不知道自己是會當場喪命，還是會拖好幾天——

「——原來如此。」

這時，一陣風從西邊吹來。

一陣將夜晚的寒意帶過來的冷風。

發生了什麼事，他一頭霧水。

回過神時，聽見像笛聲的咻咻聲。

面前那隻傢伙的頭飛了出去，發出噴出鮮血的聲音。

他用袖口擦掉濺到臉上的暗紅色血液。

會罵他這麼做很不雅的姊姊，已經不在了。

「這個小鬼挺有毅力的嘛。」

他覺得自己當時看到的，是個臉上充滿皺紋、其貌不揚的圃人（Rare）老翁。

才剛這麼想，頭部就傳來一陣悶痛，將他的意識打落黑暗。

醒來後過了好一段時間，他才意識到自己似乎是被打暈的。

——他的生命還沒走到盡頭。

§

一座村莊在哥布林手下滅亡。

整起事件都只被記錄為報告書上的數字，聽說國王連村莊的名字都不知道。

就連天上諸神，恐怕也一樣——……

# 間章

## 「展開冒險前的日常導入篇」

Goblin Slayer
YEAR ONE
The Dice is Cast.

今天坑道中也迴盪著銳利的金屬敲擊聲。

為了金錢，拚命往地底挖。

凡人(Hume)、礦人(Dwarf)及其他種族的礦工們，揮著十字鎬擊碎岩石，朝礦山底部潛探。

目標是寶藏。沉睡在地底的金銀財寶。一攫千金也不是夢想。

「搞得像冒險者似的。」

不曉得是誰說的玩笑話，惹得男人們哈哈大笑。

「希望不要遇到怪物。」

「會出現在這麼深的地底的，與其說怪物，比較有可能是魔神之類的吧。」

又是一陣笑聲。雖然五年前的戰爭讓人忘都忘不了，他們還是只能選擇一笑置之。

想活下去，日積月累是必要的。不開心地度過每一天就活不下去。

昨天沒找到還有今天。今天不行還有明天。明天過了還有後天。

挖金礦就是需要像這樣一天一天累積，他們非常明白。

而且找到金礦也不代表這樣就結束了。

接著換成採掘。愉快的掏金工作在等待他們。

礦工們不能擺出沒幹勁的態度，也有一定的自尊心。

更重要的是，王公貴族的飾品、在市場上流通的金幣，少了他們統統做不出來。

是我們在支撐這個國家。就是這個想法，讓他們這麼辛苦的工作也做得下去。

有人想賺錢寄回家；也有人是被送來贖罪。

有人懷著想當冒險者的愚蠢夢想，來這裡累積資金；有人單純來掙旅費。

當然，沒有任何人會在意同事的出身及苦衷。

重要的是能否把工作做好，這一點誰都知道。

管他是罪犯還是貴族家的三少爺，只要會挖洞不就得了？

「好，今天就到此為止唄。」

「喔——」

每天都從白天挖到晚上，話是這麼說，身在地底，礦工們也無法掌握正確時間。

從上方傳來的鐘聲反射出好幾道回音傳過來，他們才終於發現下班了。

眾人紛紛扛起工具，準備收工時。

「嗯？」

一名礦工握著插在石壁裡的十字鎬，納悶地皺起眉頭。

「怎麼啦——？」

「等我一下。好像卡住了……」

在他用力拔出十字鎬的瞬間。

那把十字鎬的頭消失了。

取而代之的是黑色汁液黏在上面，像牽絲似的從地底拉出來。

礦工錯愕地看著它，緊接著，黑色黏液用力噴出。

混濁的黑色液體從頭頂淋下，那名礦工掙扎著，一句話都說不出來就斷氣了。

「什、什麼東西!?」

「怎麼了！發生什麼事!?」

聽見同事慌張的慘叫聲，剛踏上歸途的礦工們急忙跑回來。

然而——或許他們應該直接回到地上，不該折返。至於這算不算明智的抉擇倒另當別論。

覆蓋住屍體的黏液發出白煙，侵蝕礦工。

可悲的犧牲者，身上的肉轉眼間就被融掉，只剩雪白的骨頭。

「那個……搞不好是食人黏泥（Blob）！雖然我只聽過傳聞……！」

「快逃！這傢伙危險啊！」

他們扛著——有些人直接扔掉——重要的維生工具十字鎬，拔腿就逃。

黏液不停地從地底湧出，沿著地面追向他們。

究竟逃到地表前，會有幾個人被吃掉呢——

「宿命」與「偶然」的骰子，永遠那麼無情。

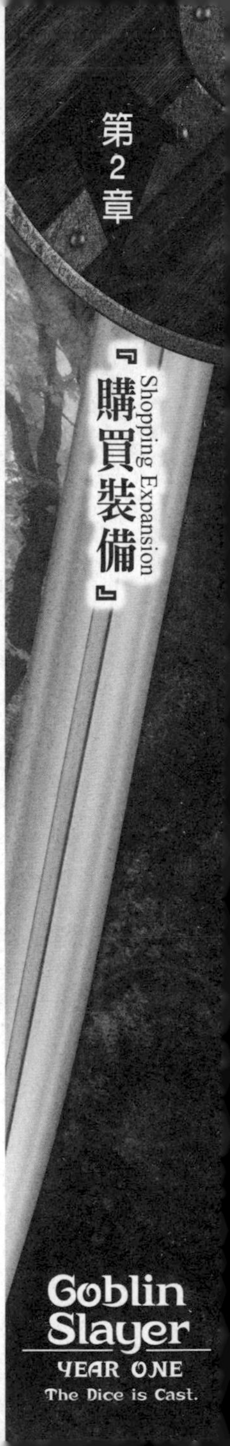


他們吵架的原因，至今她仍然記得很清楚。

記得是八歲——左右的時候。

舅舅牧場的牛要生了，希望她去幫忙。

如今回想起來，那根本是讓小孩子去玩的理由，當時她卻完全沒發現。

可以上街了。有工作做了。可以一個人坐馬車。滿腦子都是喜悅及興奮。

她覺得自己彷彿成了能獨當一面的大人。現在她知道，自己真是愚蠢。

她記得自己得意地向他炫耀：「很棒吧！」

也記得自己調侃他：「你沒去過鎮上對不對？」

比她大兩歲、住在隔壁的男孩。她無法接受因為這樣就被當小孩子看。

所以她怎麼樣都開不了口問他「要不要帶你一起去」。

她想讓他主動說「我也想去」，然後自己再挺起胸膛回答：「好呀！」

然而他卻始終握著拳頭，低著頭。

之後自己說了什麼呢？記得直接的原因真的只是一句微不足道的話。
他對自己怒吼，自己也回了什麼，激動得搞不清楚狀況。
最後吵了一場兩個人都號啕大哭的架。
他們吵到他的姊姊來接他為止，自己也沒有跟他道歉。
隔天坐進馬車時，只有雙親來為她送行。
所以在夕陽下被姊姊牽著手踏上歸途的背影，是她看見他的最後一眼。
自此之後，就沒有再見到他。
已經是五年前的事。

§

「唔、唔嗯……」
遠方傳來雞鳴，從窗外照進的陽光毫不留情刺進眼中。
聽見工作的聲音，大概是舅舅已經上工了。
她在稻草床上翻來覆去，到頭來只是無謂的抵抗。
終於屈服的她慢慢從被窩裡爬出來，一絲不掛的身體暴露在空氣中。
「……好睏……」

她一點睡飽的感覺都沒有，抖了下發育良好的身體，背駝了下來。只有身高和胸部一直成長，相當引人注目，她反而覺得很難看。體型比同年齡層的女性——雖然她根本沒認識幾個——還要成熟，是因為正處於發育期嗎？

就算這樣，她也一點都不高興。

她慢慢穿上內衣褲和衣服，為了遮住臉而留長的頭髮也沒有整理。瞄了窗戶一眼，思考要不要開窗，隨即打消念頭。她沒那個心情。

來到飯廳，桌上的籃子裡裝著黑麵包，大鍋裡有涼掉的淡湯。

她拿了一片麵包，泡在湯裡小口小口吃著，輕聲感謝神明賜予的糧食。

然後終於走出室外，環顧周遭，立刻找到舅舅。

「早安，舅舅。」

「喔，早！」

被太陽晒黑的粗獷臉龐上浮現笑容，舅舅停下正在做事的手，向她道早。

她明明睡過頭了，舅舅卻沒有罵她。她輕輕咬住嘴唇。

「啊……」舅舅支支吾吾地開口：「等事情做完，我要去送貨……」

「沒關係。」

沒等舅舅問她「妳打算怎麼樣？」她就慢慢搖頭回答。

「我就不去了，」她勉強扯出笑容。「鎮上。」

「……是嗎。」

舅舅皺起眉頭，喃喃說道。她用力按住胸口。

「……那不好意思，可以幫忙放牛嗎？得讓牠們多吃一點，長胖一點才行。」

「嗯，知道了。」

她點點頭，駝著背低頭走向牛舍，放牛出來。

她揮動手中的細木棒，「唄——唄——」喊著，引導牛跟她走。

春天的陽光很暖和，山丘上的雛菊隨風搖曳。

——夢見討厭的回憶。

她的心情卻沉重得跟鉛塊一樣。

已經過了五年。或者該說才過了五年嗎。

被村莊外的牧場收養後，過了五年。自己還是這副德行。

——我真是個惹人厭的小孩……

所以最好不要再有交流了。只會讓彼此不開心。

如果舅舅能放著她不管當然最好，但什麼都不做，只等著給人家養，也很過意不去。

話雖如此，自己一個人又沒辦法生存——她深深嘆息。

不知不覺，牛走到牧場外了。

柵欄對面是街道，行人紛紛瞄向她。

「……」

不知為何，她覺得害羞到了極點，紅著臉縮起身子。

她移開視線，「哏──哏──」對牛叫著，聲音卻微弱得有如耳語。

──我在做的明明不是什麼奇怪的事。

儘管情勢終於穩定下來，世間的混亂仍在持續。

在五年前那場跟魔神的戰鬥中失去家園的人，以及無法謀生的人還很多。

其中也有不少跟自己差不多大的少年少女。

有的人背著簡單的袋子代替背包，有的人腰間掛著疑似在路上撿到的劍。

他們嘴脣都抿得緊緊的，走在路上，看起來有點志氣昂揚。

──這些人要去當冒險者。

她一眼就看出來了。因為回憶中的他也帶著那樣的表情。

冒險者。多麼令人興奮的職業。

探索未知的遺跡、與怪物戰鬥、發現財寶、拯救公主，有時跟世界的命運扯上關係。

聽說五年前拯救世界的，也是冒險者組成的團隊。

「等到十五歲，被認定為成人——或者是謊報年齡——後，要去當冒險者」懷著這樣的夢想。

當然也有可能只是因為失去了故鄉，沒有工作也沒有知識，只剩這條路可走。

然而，冒險者這個職業並不會因此褪色。這一點她是最清楚的。

更重要的是，只要過去發生任何一點變化，搞不好她也會走上同一條路。

或者，搞不好已經不在這裡。

——像他那樣。

「……嗚。」

思及此，彷彿有一股寒意從腹部傳遍身體。

總而言之，她想忘記一切，只專注在現在該做的事上。

牧牛。她「唄——唄——」叫著，快點離開路邊吧。不想再待在這裡了。

正當她默默抬頭，準備檢查是不是每頭牛都在時。

「……咦？」

她眨眨眼睛。

是錯覺嗎？她用袖口擦了好幾下眼睛。

前往城鎮的人群中，好像，有個熟悉的背影——

怎麼會，不可能。

不可能，可是。

「…………」

不知為何，她無法移動腳步。

§

「不好意思——我想登記成冒險者。」

「好的，馬上來！」

「抱歉！幫我從金庫拿三袋金幣！」

「是，現在就去拿！」

「妳負責的藥水販售紀錄，記得記到帳簿上喔。明天就是關帳日了。」

「啊，是！立刻去弄！」

「地圖放在哪？地圖！」

「呃，在文件櫃……我現在去拿！」

「喂，這份文件寫錯了！Wyrmling 是剛孵化的龍，Worm 是長蟲！」

「啊!?對不起！」

忙到暈頭轉向。職員們忙碌地在冒險者公會的櫃檯處奔波。

——在都城受訓的時候都沒這麼累……！

新進職員像隻陀螺鼠般跑來跑去，對著文件眼眶泛淚。

將向公會提出的委託擬成文件，當然是職員的工作。

提供錯誤的委託，可能會害冒險者喪命，也會砸了公會的招牌。

何況雖說是剛孵化的，龍畢竟是龍。不小心寫成長蟲是非常嚴重的失誤。

要是以為敵人是長蟲的冒險者過於輕敵，被龍的吐息燒到……

——咦？這個力量（Level）的話是不是長蟲的威脅度比較高？

她拿帶子繫緊用皮帶吊著的袖口，振筆疾書，一邊思考。

記得紫色長蟲（Purple Worm）挺強的。

糟糕了——她連忙拿出怪物辭典（Monster Manual）翻開來。

「呃，威脅度十二嗎。剛孵化的龍是基本值，綠色鱗片的話是……四？」

——這樣看來，剛才的失誤反而幫上了忙……？

處理委託的時候，常常得像現在這樣一直坐在桌前，根本忙不過來。

要學習的知識也很多，每天的行程都是加班、回家、吃飯，好不容易才能上床睡覺。

連整理儀容的時間都沒有，妝也只化了淡妝，頭髮光是綁成麻花辮就夠累了。

大方又瀟灑、楚楚可憐又精明幹練——跟令人嚮往的才女大相逕庭。

有教養，也就是出身於家世好的名門，並不代表她就有義務要當個貴婦。她知道在社交界與達官顯貴打好關係，讓父親或丈夫的工作能順利進行，也是重要的職責。

可是繼承人又不是只有我一個，我要去當文官！

——結果就是現在這副德行。

「啊，這個撲滅哥布林的委託也麻煩妳擬成文件囉。」

面前出現一座文件山，害她差點忍不住哭出來。

——先不論當貴婦的義務，真想要能當貴婦的時間……

負責隔壁櫃檯的同事看不下去，問她：「妳還好吧？」

告訴她自己擁有神官資格的溫柔同事，經常向她伸出援手。

「……沒事的。我去拿個水。」

忙成這樣，不可能有空泡她最愛喝的紅茶。

她搖搖晃晃站起來，走向員工共用的水壺，將水倒進寫著自己名字的杯子。

水溫溫的，不過還是能滋潤乾燥的喉嚨及嘴唇。

新進職員咕嘟咕嘟灌著水，吁出一口氣。

「嗚……手好乾……」

她無意義地撫摸水氣被紙吸走的手，用手指搓揉疲憊的眼角。

——又是哥布林嗎……

哥布林不用多說，是最弱的怪物，不祈禱者（NPC）的最底層。

體型、力氣、智力與孩童相等，成群結黨，潛伏在洞窟或遺跡中，襲擊村莊、擄走女人。

面對強者會極盡諂媚之能事，卻深信自己才是全世界最偉大的存在，以凌虐弱者為樂。

兩、三隻哥布林企圖偷走村莊的家畜，結果被村裡的年輕人趕走，乃稀鬆平常之事。

來委託公會，代表情況比這更加嚴重。

而所謂「更加嚴重的情況」基本上源源不絕。每天都會有。

甚至有這麼一句玩笑話：每當一支冒險者團隊組成，就會多出一個哥布林巢穴。

——國家都不想辦法嗎？

她也有這麼想過，不過連自己這個基層工作人員都忙不過來了。

再說，五年前魔神王率領的混沌軍團才襲捲過國家。

成功討伐魔神王後都過了五年，戰敗而潛伏在各地的殘黨仍如雨後春筍般持續蔓延。

藏在都會暗處制定陰謀、肆無忌憚的闇人（Dark Elf）暗殺者們。
在地下遺跡的深淵舉辦可疑儀式，企圖重振旗鼓的邪教徒集團。
設庵立塔，拿死者反覆進行恐怖實驗的死靈術師（Necromancer）。
不受控制的混沌怪物們，恣意妄為地在世界各地行動。
——先不論那些想驅逐棲息在深山內的龍的人……
哥布林只是數量多而已，終究是最弱的怪物。
「哎，冒險者自然會想跟哥布林以外的怪物戰鬥……」
連負責製作文件的自己都嫌煩了，剿滅哥布林的人想必會更不耐煩。
要是有人叫她之後每天都要處理剿滅哥布林的文件，她一定會忍不住哀哀叫。
新進職員再度嘆氣，回到自己的櫃檯。
得整理好這些堆成山的剿滅哥布林委託書，修改成能貼在布告欄上的格式。
可是貼上布告欄後，又有幾個人、幾組冒險者會願意接下委託？
光想就讓人胃痛，剛擦掉的眼淚又冒了出來。
「啊嗚嗚……」
「嘿，別難過別難過。」
「嗯……」
新進職員搖搖晃晃走回座位，坐在隔壁的同事笑著安慰她。

「所謂的義務呀，指的就是正義的職務喔。得更認真一點才行！」

……她在安慰我？

如果不是至高神，而是侍奉地母神的神官就好了——失禮的念頭閃過腦海。

這樣的話，她安慰自己的方式或許會更溫柔一點——

「是說，妳吃晚餐了嗎？」

但她依然非常感謝她這麼關心自己。

新進職員搖搖頭，麻花辮隨之晃動。

「沒時間吃……」

「好了啦，快去吃飯。吃飽才有力氣工作！噢，下一個人要來囉！」

「……是。」

「來，笑一個笑一個！」

雖然同事這麼激勵她，新進職員實在沒心情吃飯。

她心想「我真的不太會笑」，揉揉臉頰。

受訓時期她一直努力對冒險者展露笑容，叫他們加油……

——結果被人纏上……

在都城遇到的討厭經歷，關乎她的貞操危機——其實沒有那麼誇張，不過體感上來說是這樣沒錯。

畢竟對方可是力氣大到一介弱女子絕對應付不了的無賴。能順利逃掉已經堪稱奇蹟。

——不過，總不能板著臉送客人離開……

笑容也是工作之一。

她不想讓願意接下委託的人感到不快，也不想害人家誤會。

可是，那要笑到什麼樣的程度才好？

在她利用珍貴的時間努力練習扯出笑容時——……？

「……」

一名少年突然站到櫃檯前。

「呃。」

剛掛到臉上的笑容垮了下來。

年齡差不多十五歲吧，比新進職員小一點，剛成年。

看起來很疲憊，不曉得是從哪裡旅行過來的。

外表看來是想當冒險者，不過也可能是來自農村的委託人，無法斷言。

他一語不發，緊盯著新進職員。感覺像在瞪人。

「那、那個，請問……您有什麼事？」

「不，」少年搖搖頭。「沒問題嗎？」

不明白他是什麼意思。新進職員困惑不已，望向隔壁的座位試圖求救。

「我說，報酬不能再低一點嗎？沒辦法付那麼多給護衛啦。」

「很遺憾，這是規定……還是要換成等級低的冒險者？」

「我可不想把貨物交給小混混和剛長毛的新人。最好是值得信賴的……」

然而，她似乎分身乏術，看來只能放棄求救。

雖然最近變少了，聽說以前很多委託人會用「不好意思騙了你」這招，事後反悔滅口。

在都城的黑暗處行動，心懷不軌的人中，好像也有不少這種騙徒。

正因如此——冒險者公會的櫃檯人員、職員的義務是很重要的。

——正義的職務，對吧。

嗯，好。新進職員在心中幫自己打氣，勉強扯出笑容。

「歡迎來到冒險者公會！請問需要什麼服務？」

「……沒問題的話，幫我登記。」

「登、登記是吧！那個，文件文件……哇，啊！」

大概是因為她急忙在桌上搜來搜去吧，桌上的紙啪唰一聲倒下。

初春確實有很多來登記成冒險者的人，但並不會因為這樣就隨時備有文件。

她慌慌張張地努力把紙撿回來，其中一張輕輕飄到他手邊。

「……哥布林？」

「哥布林？啊……」

仔細一看，那是她剛才費盡千辛萬苦寫好的一張委託書。

「那是剿滅哥布林的委託……」

簡單的——沒錯，在冒險者公會接到的委託中屬於簡單的——剿滅哥布林任務。

環視邊境大概隨便都能找到十隻二十隻，是隨處可見的委託。

「哥布林嗎。」

他只確認了目標，看都不看報酬跟其他情報，將文件遞給新進職員。

「那我要接。」

「啊，那個……不組隊很危險喔。」

他思考了一下後說：

「沒問題。」

新進職員連忙搜索記憶，準備攤開怪物辭典，告訴他光組成團隊是不夠的。

剿滅哥布林的任務人數太少會有危險——她聽過好幾次了，也有記筆記。

然而一旦遇到這種狀況，就會不小心忘記該怎麼跟對方解釋。

新進職員著急地翻開自己的手帳，不對，乾脆直接給他看怪物辭典好了。可是他看得懂字嗎……？

在她正想叫他「請、請您稍待片刻」的時候。

咕嚕。微弱、可愛的聲音響起。

新進職員的臉瞬間紅得彷彿會冒出蒸氣，按住肚子，接著又是一聲「咕嚕」。

「啊，呃，那、那個，這、這是……！」

「是哥布林吧？」

「是、是的……」

——他、他沒聽見嗎？

肚子叫了害她相當羞愧，決定先動手幫他登記。

「呃，請問您會寫字嗎？」

「會。」他回答。「學過。」

他接過櫃檯小姐遞出的冒險記錄單（Adventure Sheet）。

雖然筆跡潦草得像是在塗鴉，但他確實填好了表格，明明怎麼看都不像有學過書寫。

可是再繼續盯著他，感覺肚子又會叫出來，因此她迅速蓋下認可的印章。

「放到哪去了——」

她在桌上摸索，拿出尖筆——卻找不到最重要的識別牌。

「咦？唔……」

「來，這個。」

同事一副想問她「妳在做什麼呀？」的態度，在處理業務時抽空將白瓷牌子滑給她。

「謝謝。」

她連忙道謝，同事揮揮手，叫她不用客氣。

——呃，做識別牌的時候，要把冒險記錄單上的資料謄過去……

新進職員一邊確認步驟，一邊盡量用漂亮的字跡把內容刻上去。

姓名、性別、年齡、職業、髮色、瞳色、體格、技能……

——戰士（Fighter）一，獵兵（Ranger）一。除此之外……

「好，做好了！」

她鬆了一大口氣，擦掉額頭的汗，撫了撫私底下有些自豪的胸部。

然後將第十級——白瓷等級的識別牌放到桌上遞給他。

「這個很重要，請小心不要弄丟喔。」

「…………」

他接過識別牌，緊盯著手心裡的小小白瓷板，像在瞪它似的。

「請、請問…………？」

「知道了。」

新進職員提心吊膽地開口詢問，他粗魯地一把抓住識別牌，塞進口袋。

看起來對自己當上了冒險者一事毫不感慨，直接轉身離開。

「那傢伙態度真差……」

這麼嘀咕道的，是排在他後面的青年，肩膀上扛著疑似長槍的木棒。

除了青年外，還有幾個新手冒險者和老手冒險者在偷瞄走向工房的他。

新進職員不曉得該說什麼才好，但工作是工作。她立刻轉換心情。

「歡迎來到冒險者公會！請問需要什麼服務？」

「啊，我也要登記成冒險者。」

「好的！」

她努力扯出充滿活力的微笑。

她探出身子拿冒險記錄單，青年「喔喔」了一聲。

隊伍外有一名疑似已經登記好、身穿魔女服裝的女性，帶著頗有深意的笑容。

──快點學會用更像樣的笑容接待客人吧。

新進職員下定決心，埋頭工作，看來沒時間吃午餐了。

──對了，他剛剛問我「沒問題嗎」。

是不是指午餐？突然浮現的疑惑，轉眼間消失在忙碌中。

隔壁的同事無奈地看著手忙腳亂的她。

之後，她非常後悔自己接待**他**時不夠友善專業，又是另一個故事了。

§

「那個——這裡應該沒在賣傳說中的劍……吧？」

聽見兩眼發光的青年說的鬼話，工房老闆的頭傳來一陣令人火大的痛楚。

「那種東西怎麼可能放在店裡。」

「不意外。那頗有來歷的魔劍呢？」

「那可不是商店會賣的貨色。」

老闆揉著眉間搖頭。他心想乾脆把這人轟出去算了，最後打消念頭。

「首先，儘管只賦予一點魔力，魔法武具就是不同等級的武器。」

「嗯……那我看看——」

青年用那雙依然發著光的眼睛，雀躍地欣賞架上的武器，拿起來把玩。

「先說說你有多少預算。沒錢的話我可不賣。」

「喔、喔。那麼，呃。」青年從口袋中拿出錢包。

「我想要用這些錢能買到的最強武器。」

——最強武器嗎！

身為工房主人的老闆深深嘆息。又是這種類型。

嚮往冒險故事，覺得自己也能變成那樣——深信自己也是英雄候補的年輕人。

無知到這個地步是很罕見，不過基本上大同小異。

怎麼想都無法駕馭的大劍，以及重視機動性而一堆部位都蓋不住的鎧甲。

他們的知識來源，只有酒館裡喝醉的詩人彈唱的英雄傳說。

如果說那是當下的流行，那也沒辦法，但對於從事鍛造的自己來說，實在看不下去。

老闆本想給他一個忠告，可是他並不覺得會管用。

「……劍可以嗎？」

「嗯。就是要劍。」

他接過金幣袋，最後決定幫這位點頭表示肯定的年輕人挑把劍。

單手劍還雙手劍？這名青年身上穿的是偏厚的皮衣，當前鋒不夠可靠。

「不用盾牌或頭盔嗎？」

「頭盔……不用。戴了就看不見臉啦。」

老闆不會說重視外觀有什麼不對，也沒打算說。

賣臉和賣名聲也屬於冒險者的工作。就算不是冒險者……

——哪有人從來沒嚮往過當英雄的？

「……那我就不多說了，至少帶個盾牌。」

「我沒用過盾牌耶……」

「還是得帶。」

聽老翁這麼說，青年勉為其難答應。這樣就好。

聽得進這番話，表示這個冒險者有點希望。至少，只有希望是有的。

從鄉下帶來老舊武具的人、不聽他的建議就買走裝備的人，不計其數。

而且就算這位老翁插嘴，實際去冒險，跟怪物戰鬥的又不是他。

無論裝備有多齊全，該死的時候就會死，所以是不是該讓他們打扮成自己喜歡的樣子？

被別人說三道四，穿著不是親自挑選的裝備而戰死，只能以悽慘形容。

——再說，不管那有多麼愚蠢、悽慘、可笑……

面對以自身意志決定到外界闖蕩的年輕人，又有誰開得了口嘲笑他們的第一步？

想到自己生平第一次拿鎚子鍛劍的時候，就更開不了口……

「喔？」

——正當此時。

一名年輕人踩著大剌剌的腳步，從公會櫃檯的方向走進工房。
「要買裝備。」
「我想也是。」
這句話冷淡到令老翁下意識皺起眉頭。
至於剛買完東西的青年，正好奇地豎起耳朵偷聽。
老翁揮揮手叫他閃邊去，面向眼前的年輕人。
——真寒酸。
看起來像來自鄉下，歷經一段漫長旅途的小混混。
「……你有錢嗎？」
「有。」
他拿出掛在脖子上的小皮袋，扔到櫃檯上。
從中傳出硬幣的碰撞聲。
老翁用指尖拎起皮袋，打開拿出一枚金幣，咬了下去。
不是金箔。似乎是真錢。
老翁用手掌撫摸錢包上的花形刺繡，瞪著他問：
「這是從你媽或姊姊那偷來的嗎？」
「……」

他沉默了一瞬間，點頭回答。

「對。」

老翁不悅地哼了一聲，不曉得是真話還是玩笑話。

然而，這些確實是錢。有錢就是客人。

「……要買什麼？」

「硬皮甲，還有圓盾。」

老翁「哦」了一聲。

他無視旁邊面露疑惑的青年，重新觀察這名年輕人。

肌力夠了。肯定是戰士。恐怕是兼職。斥候（Scout）或獵兵（Ranger）。兩者皆是也不奇怪。

「武器呢？」

「劍……單手劍。」

「要拿盾當然是單手劍。那就這把。」

老翁毫不猶豫從陳列在櫃檯後面的劍裡面挑了一把，交給他。

年輕人接過劍，將劍鞘插進腰帶固定。身體有點傾斜，也許是劍的重量所致。

——新人大多都是這樣。

「皮甲在後面的架子。盾掛在那邊的牆上。」

「好。」

他硬把身體調正，又踩著大剌剌的腳步走向老翁說的地方。

從架上拿下皮甲，從牆上拿下盾牌的動作，如同在搶東西的強盜。

老翁見狀，一副對此有所不滿的樣子，剛才被嚇到的青年趁這時迅速上前。

「喂、喂，你也是今天登記成冒險者嗎？」

年輕人沒有回答。但他默默點了下頭，所以青年笑著繼續說道：

「我也是。」青年挺起胸膛。「不、不介意的話，要不要一起去冒險？」

「冒險。」

年輕人低聲咕噥。

跟興奮、雀躍的青年不同，他的聲音彷彿在地面爬行。

「哥布林嗎？」

「不，怎麼可能！」

年輕人冷冷詢問，青年發出悲鳴般的聲音搖晃全身，表示否定。

「我的目標更高一些。比起哥布林，我更想去未知的遺跡之類的……」

「哥布林。」

「什麼？」

「我要去殺哥布林。」

就這麼一句話，年輕人似乎對青年失去了興趣。

他用稱不上熟練卻迅速的動作穿好鎧甲，把盾牌綁在手上。

一面小圓盾，除了用來把盾套在手上的帶子，還有個把手。他握住把手，輕輕揮動。

拿著盾拔出劍，再把劍收回劍鞘內。活動了一會兒，點點頭。

「買了。」

「謝謝惠顧。」

「剩下多少金幣。」

「剩這些。」

老翁將錢包裡的錢倒到櫃檯上。

然後用手將十幾枚金幣中的大部分撥進櫃檯內。

剩下數枚。青年念了句「坑錢」，老翁狠狠瞪過去。

「硬皮甲做起來花時間，價格自然高。嫌貴的話給我去其他地方買。」

老翁不會蠢到跟他們解釋用油煮皮，往裡面填東西有多辛苦。

至於那名年輕人，他一點都不在意，用手指一枚一枚重新清點金幣。

「有藥水嗎。」

「藥水之後跟櫃檯買去。雖然我這邊也有……」

老翁又迅速拿了幾枚金幣走，從櫃檯後面拿出兩個小瓶子。

放在桌上的瓶子內裝著淡綠色液體，散發出淡淡藥草味。

「解毒劑（Antidote）和治療藥水（Heal Potion）。這樣夠了嗎？」

「嗯。」他將兩個藥水瓶丟進簡陋的袋子。

剩一枚金幣。

「……我還需要什麼？」

「我想想……該帶個冒險者組合，再一把短劍……」

老翁將年輕人從頭到腳審視了一番。

身穿皮甲，兩手帶著劍和盾，抱著破袋子的模樣，儼然是新手冒險者。

「……硬要說的話，頭盔吧。」

「頭盔。」

「等我。有便宜的頭盔。」

老翁扔下這句話，慢吞吞走向工房內部的倉庫。

已經買好東西的青年，訝異地望向年輕人。

若要用一句話形容他的心情，大概是「這傢伙是怎樣」或「真是個怪人」。

接著，青年一副難以理解的樣子搖搖頭，抱著東西離開工房。

青年剛離開，老翁就從倉庫回來。

「不打算賣臉的話，至少戴個頭盔。」

老翁將懷裡的頭盔放到櫃檯上。

是個兩側有角、彷彿被詛咒過的老舊頭盔。

§

今天冒險者公會也一樣熱鬧，行人比平常更多。

一名冒險者走在裡面，自然不會顯眼到哪去。

全新的皮甲、帶角的鐵盔。腰間配著長劍，手上綁著全新的圓盾。

新手冒險者——看這身裝備，沒有其他辭彙可以用來稱呼這名年輕人。

他穿過門來到街上，沒有任何人把注意力放在他身上。

就算他一直沒回來，八成也不會有人發現。

肯定，誰都不會發現。

重戰士看著入口被樹木遮住的洞窟，用自己最有氣勢的聲音吆喝。

「好，那麼出發吧……！」

很普通的委託——照理說是這樣。

剿滅哥布林。平凡的斬妖除魔（Hack and Slash）。

聽說小鬼們在村莊附近築了巢，偷走家畜和各種東西。

這樣下去，總有一天會去襲擊人。麻煩在那之前除掉他們——稀鬆平常。

記得他在故鄉村莊的時候——還是個小鬼頭的時候——也有冒險者來剿滅哥布林。

回憶中的他們又帥又酷，感覺很熟練，不過……

——到你這個等級，這根本不算什麼。

重戰士無意義地雙手交握，張開手掌，試圖調整用不慣的手甲。

只要是冒險者，每個人接到的第一件委託八成都是哥布林，沒什麼大不了。無須緊張。

──不對，真的是這樣嗎？

萬一輸了，搞到要落荒而逃怎麼辦？

當初風風光光地離開故鄉，結果才過半個月就回去了。

──死都不要……！

豈止是難堪兩字可以形容。

更重要的是，還是在喜歡的女孩被摯友搶走後。

逃走後又逃回來，該以什麼樣的表情示人？

不，那只是自己單戀她，根本沒有告白……的樣子。

那就不算被搶走囉？搞不懂，不管了。

至少他沒打算妨礙那兩個人交往，也不想讓他們看見自己的窩囊相。

──我也趕走過跑來村裡的小鬼。

所以除非有什麼意外……不然應該不會有問題才對。他不是一個人。

──……對了，當時來村裡的冒險者也有組隊。

重戰士突然想起，停下從草叢間踏出的腳步。

「……怎麼了？不走嗎？你不走就由我開路囉。」

旁邊的女騎士，臉上帶著跟她的美貌成反比的興奮笑容，宛如一個調皮的小孩。

她已經把劍拔了出來，跟蠻族沒兩樣的好戰個性表露無遺。

——邀請在酒館抽菸的她入夥，會不會是錯誤的選擇？

「沒有，我在想事情……」

重戰士腦中瞬間閃過疑惑，然後像要確認般搖搖頭。

基本上，他算是——真的是「基本上」——團隊的頭目。照理說有很多該做的事。

重戰士拚命回想幫忙下田時，父親他們是如何引導自己。

「喂，小朋友，呃——那個——會用法術的。」

「請你快點記住我們的名字！」

少女巫術師（Druid）可愛地鼓起臉頰，表示抗議。

少年斥候（Scout）手拿小刀，在旁邊緊張兮兮地瞪著洞窟。

雙方的裝備都勉強有點冒險者的樣子，不過實在很寒酸。

——未免太幼齒了……

他光憑從吟遊詩人的詩歌中聽來的淺薄知識，找了魔法師和斥候入隊，結果就是這樣。

謊報年齡當上冒險者的小鬼……現在也只能靠這兩個人了。

——雖然不能勉強他們，但也無可奈何。

「把魔法留起來……因為不知道會發生什麼事。」

無疑是他的真心話。

再怎麼說都不至於有龍——死都不能對龍出手——在裡面，可是凡事總有萬一。

走在路上隨機遭遇（Random Encount）到龍的故事非常有名。

重戰士覺得自己下達這種指示，好像在害怕的樣子，又補了句頗有頭目風範的話。

「別胡亂開火喔。」

「好、好的。」

少女巫術師雙手握緊法杖，頻頻點頭。

「接著是——」重戰士望向眼睛眨都不眨的少年斥候。

「喂。」

「喔、喔！」

他全身僵硬，嚇了一跳，用破音的聲音回應。

——這種時候該怎麼做？

重戰士努力思考，想起小鬼跑來村子柵欄旁邊的時候。

「……你去做深呼吸。做到我說停為止。」

「知、知道了！」

看他點頭點得那麼勤，也不知道有沒有效。

不過成功逼他努力讓自己恢復冷靜了。就先這樣吧。

──可是，該怎麼說呢……沒有其他該做的事了嗎？

即將去冒險，即將去剿滅哥布林，自己卻在幹這種事。

沒有其他更該做的、該先做好的、不得不去做的事了嗎？

難以言喻的不安湧上心頭，令重戰士下意識板起臉，對半森人輕戰士問：

「……喂，這種時候還要注意什麼？」

「這個嘛。」

輕戰士微微歪過頭，看不出在想什麼。

半森人用優雅的動作環視整個團隊，「啊啊」悠哉地拍了下手。

「先決定隊列吧。畢竟『不知道會發生什麼事』嘛？」

「隊列嗎……」

斥候在最前面。前鋒職業排在後頭，後衛排施法者，是這樣嗎？

重戰士將自己膚淺的知識全搬了出來，陷入沉思，女騎士戳了幾下他的肩膀。

「順帶一提，神授予我治癒的神蹟！」

為何女騎士要現在講這個？講了又能怎樣？

女騎士信心十足地挺起並沒有豐滿到值得驕傲的胸部，重戰士別過頭，吐了口氣。

花了不少錢買來的藥水（Poison）。如果能向神明祈求治癒就用不到了——

——不對。不知道會發生什麼事啊。

「就算等等用不到，也能留到下次……好，好，好。」

所以，沒有關係。能用的手牌多了一張，該感到高興。

重戰士如此心想，望向少女巫術師，嘆了不曉得第幾次的氣。

看著不停碎碎念咒文，專心複習的她，實在不怎麼可靠。

宛如第一次出門幫忙跑腿的小孩，這比喻其實差不到哪去。

如果讓她自己走在最後面，可能會跟大家走散而迷路，不然就是不小心跌倒。

——……後面也放一個前鋒好了。

「那就麻煩會用神蹟的騎士大人殿後囉。最後面交給妳了。」

「嗯，交給我吧！」

她用力拍了下胸甲，怎麼看都很令人不安，不過算了。

自己能想到的已經全部做了。思及此，重戰士心情也稍微輕鬆了點。

「好，出發吧……！」

他拍了下少年斥候的背，扛著**闊劍**走向前。
那把大傢伙卡進牆壁、害他大吃苦頭，是十五分鐘後的事。

# 第3章 『最初的冒險』（Tutorial）

那座洞窟突然出現在離村子有段距離的森林中。

它是什麼時候出現的，村人統統不記得。

好像是很久以前，也好像是最近。

這在長久以來沒開拓過的邊境土地，是常有的事。

四方世界無時無刻都在變化。

連森人（Elf）裡面都沒有掌握正確地理狀況的人。

這座洞窟棲息著哥布林。

不曉得是從五年前的大戰逃出來的殘兵敗將，還是野生的。

然而，至少那些哥布林確實從洞窟裡跑了出來，襲擊村莊、奪走家畜，最後還擄走女人。

他心想，常有的事。

包括村莊跑去委託冒險者公會，都是常有的事。

現在，他就在洞窟前的森林裡藏身於草叢中，等待時機到來。

掛在頂點的太陽開始傾斜，直至西沉的這數小時內，他都在觀察。

哥布林沒有發現他的跡象，在巢穴進進出出。

哨兵也沒有認真看守，看得出他只是懶惰地站在那邊。

令人在意的頂多只有入口旁，蓋在穢物堆旁邊的怪塔……

——似乎不是陷阱類。

進出巢穴的小鬼數量、武器、其他各種情報。他屏住呼吸，只顧著觀察。

記得姊姊說過，這是獵人必備的技術。

鹿是膽小的生物，不讓牠把自己誤認為大自然的一部分就會逃掉。

這好像是父親的拿手好戲，雖然他從未親眼見識過。

不久後，太陽沉入西邊的天空，天空染上有點詭異的暗紫色。

不知為何，洞窟入口的哨兵不見蹤跡。八成是進去了。

——是時候了。

他慢慢從草叢間站起來，先舒展僵硬的關節。

本以為從鎮上移動到村莊的這段距離，已經足以讓身體習慣，第一次穿的皮甲果然還是有點重。

而且就算只是趴在地上，關節仍然會僵硬。

——也許該在下次休息時，把裝備的帶子弄鬆一點。

他活動了一下，讓關節放鬆，接著調整裝備。

放下頭盔的面罩，將劍從劍鞘拔出，仔細檢查劍刃後再收回去。

頭盔上的角導致頭有點重。視野狹窄，呼吸困難，但他沒有勇氣脫下頭盔。

握住綁在手臂上的圓盾把手，輕輕揮動。沒有問題。

他一面避免讓草叢晃動，一面從中走出，緩緩接近洞窟入口。

跟平常大剌剌的腳步不同，步伐相當謹慎。

經過用野獸頭骨蓋成的怪塔時，他在穢物堆旁邊停下腳步。

該點燈嗎？有沒有其他忘記做的事？

帶著光源，代表自己的存在會被看到光的人發現。

不過敵人打從一開始就能在黑暗中看見自己。那麼，沒有光反而只是不利因素。

他從袋子裡取出火把，正準備用打火石點火，忽然停下動作。

「……」

事到如今，他才察覺到理應更早發現的事。

——沒有手拿火把。

右手持劍，左手舉盾。不可能把劍扔掉，但他也沒打算捨棄盾牌。

他鬆開盾的把手，拿住火把，結果因為手腕彎成奇怪的角度，導致手臂難以活動。

不耐煩的咕噥聲自口中傳出。

愚蠢又糊塗的自己令人厭惡。要是老師看見，不曉得會怎麼嘲笑他。

他一面窺探洞窟入口，一面沉思，過了一會兒選擇放棄。

右手拿火把，左手拿盾牌，劍插在腰間的劍鞘內，背上背著袋子。

雖說是火把，好歹是木棒做的，應該能代替棍棒使用吧。

他決定回去後要請人把盾牌把手拆掉，隨即踏進洞窟。

——他自己也明白，前提是要能活著回去。

§

「你該不會覺得，能受我指導的自己得天獨厚吧？」

記得這句話是那個圃人(Rare)老翁將他踹進冰洞時說的。

他在洞穴裡滾了好幾圈，地上充滿穢物及剩飯。極度骯髒的空間。

之後他才聽說，圃人(Rare)的巢穴是地上最舒適的空間之一。

他們是深愛平靜生活的草原之民，開朗活潑、自由自在、不受拘束。

然而凡事總有例外——圃人老翁正屬於此。

老翁無視頻頻咳嗽的他，關上木門堵住入口，放下門閂。

「所謂的得天獨厚，是指不用人教就什麼都會的傢伙啦。」

沒有燈光的空間，瞬間被黑暗籠罩。

他終於調整好呼吸，環顧四周，什麼都看不見。

能看見的只有——老翁在黑影中閃爍的眼睛。

他只知道那雙眼睛盯著自己，倒抽一口氣。

「但你不是。你只是一個人就什麼都做不到、也不去做的臭小鬼。」

「是，老師。」

好不容易才答出這句話。不可思議的是，他不覺得自己會被殺。

被別人殺掉，或是殺掉別人，這種感情他在那個村子體會得夠多了。

然而——這名老翁大概是會淡然取人性命的類型，連這種事都不會想。

「你以為接受我的指導就能變強對吧？」

是的——話還沒說出口，就有什麼東西從黑暗中飛過來，用力射中額頭。

那個東西發出響亮的聲音脆裂，額頭傳來灼燒般的疼痛，鮮血流下。

圃人老翁用腳踹飛倒在地上的他，步步逼近，彷彿要壓在他身上。

「蠢貨。只是拿著武器，怎麼可能變強。」

是盤子。他發現了，是盤子砸中了他。

生平第一次知道，被盤子砸中竟是這麼痛。

「要用到慣。要裝備起來。有想做的事，卻對手段挑三揀四而一事無成，這樣……」

仔細一想，這或許是他第一件從老師身上學到的事。

「活著也沒意義。」

§

剛踏進洞窟一步，便聞到一股臭味。

腐爛的垃圾、油垢、糞尿，以及從事淫行的殘渣混在一起的臭味。

他早就聞慣了。不成問題。

但想在黑暗中視物，對他來說有點困難。

就算有火把的光，黑暗依然濃烈且強烈。

隨火光搖曳的影子，讓人覺得裡面潛伏著什麼東西。

——不對，確實有東西。

唯有這點是不容置疑的事實。別忘記這裡是哪。這裡可是小鬼的巢穴。

——只要盡量用鼻子呼吸，就能習慣臭味。凡人的適應力是很高的。

他停下腳步，順了口氣，拖著步伐一步步往前走。

土和岩石帶有溼氣，一不小心就會因為上面的青苔滑倒。

他將注意力放在腳下，卻馬上開始注意黑暗。

接著是前方。頭上。整座洞窟在推著他向前。

呼吸又淺又快。一想著要掌握所有狀況，頭就快暈了。

「……一隻一隻來。」

他像要提醒自己似的喃喃說道，拿火把照亮岩石陰影處。

只要一隻隻確實解決掉他們即可。別去省那些能讓自己辦事輕鬆點的工夫。老師八成會這麼說。

他調整呼吸，豎起耳朵，以免漏聽四周的聲音。

除了自己的吸氣吐氣聲，還有類似耳鳴的細微嗡嗡聲響。

是因為這裡太安靜，還是因為自己在緊張？他無法判斷。

真想脫下頭盔，擦掉額頭的汗。當然不能這麼做。

他眨了好幾下眼睛，突然瞪向黑暗深處。

可能是錯覺。

但也可能不是。

他反射性用右手的火把砸向在暗處蠢動的影子。動作跟晃動著的火焰不同的影子。

「GOOROB!?」

慘叫聲響起。還活著，他撲過去往眉間補了一擊。

感覺到砸爛水果時的討厭手感，小鬼腦漿四濺，一命嗚呼。

「……呼。」

他喘了口氣，與此同時，差點雙腿一軟。

他發現斷掉一半的火把被血濺到，即將熄滅。

想丟掉火把，火把卻黏在手上。不對，是他的手不肯放開火把。

握住火把的手指因過度用力而顫抖不已，無法放鬆。

「……」

他嘖了一聲，用左手硬扳開指節，扔掉火把。

微弱的火焰落在洞窟地面上，卻仍持續燃燒。

——應該沒什麼大不了才對。

他如此告訴自己。殺哥布林根本沒什麼大不了。

一隻。還只有一隻。才一隻。但他成功殺掉了。他反覆確認，準備拿出下一根火——

「GOBGG！」

「GBBGROBG！」

在此之前，迅速抽出右手的劍。

下一秒，無數哥布林從背後大吼著撲過來。

他轉身砍向後方，劍卻發出不祥的鏗鏘聲脫手飛出。

等他發現是因為砍到岩石時，小鬼已經把他撞倒在地，騎在他身上。

背上的袋子被壓得發出激烈碰撞聲，但他沒時間管這個。

「GROB！GOOROGB！」

「GROORB！」

哥布林發出噁心的笑聲，揮下雙手中的短劍。

快要熄滅的火把，微微照亮劍尖。

後面還有另一隻哥布林，正在指著這裡奸笑。

——會死。

「喝、啊！」

他硬是扭動左手，拿盾牌擋在面前。劍刃刺在盾上，直接被彈開。

「GBBROB!?」

哥布林力氣稱不上大，短劍飛了出去，小鬼失去平衡。

他立刻將力量集中在背肌上跳起來，撞開哥布林。

沒時間了。萬一更大群的哥布林在這種狀況下出現，肯定會被大卸八塊。

更不可能放那隻倒在地上、掙扎著試圖站起的哥布林逃走。

「!?」

他用補強過的長靴鞋尖踹向小鬼的心窩，小鬼吐得滿地都是。

接著用像要把穢物從長靴上甩掉的動作，踩爛他的胯下。

「GBORROGBGOR!?」

「GROB!GROORBG!」

小鬼發出難聽又含糊不清的慘叫聲，另一隻小鬼則發出低級的笑聲。

然而，那也只是剎那間的事。

他已經撿起剛才彈飛的劍，毫不留情刺穿小鬼的咽喉。

接著踹倒喉嚨冒著血泡、抓住劍刃的小鬼，將劍拔出來。

「……呼。」

血液瞬間沸騰。全身熱得跟燃燒一樣，頭又悶又重。

喉嚨陣陣發麻，真想拿水袋喝水，無奈沒有時間。

感覺得到氣息。聲音在蠢動。從背後。在黑暗中。

他低聲沉吟，磨了下牙齒，同時動腦思考。不能停止思考。

哥布林是如何從背後偷襲他的？想都不用想。八成是他沒看見岩壁上的洞。

不過，他們為何會發現有人入侵？

特地選在哨兵不在的時間進來，殺第一隻哥布林時應該也沒有驚動到他們才對。

「……！」

這時他像蒙受天啟般靈機一動，低頭望向自己的裝備。

剛買來的、閃閃發光且一點痕跡都沒有，用皮革與鐵製成的武器、防具。

──氣味！

現在察覺也沒用，哥布林早就追來了。

檢查劍刃的狀態，沾到上面的血脂不成問題，可是大半的劍刃都缺損了，他不禁咂舌。

他將手伸進袋子，因那神祕的觸感感到疑惑，抓住火把扔到地上。

先前那根火把的火苗點燃這一根，熊熊燃燒。

火光照亮無數對帶著憎惡與殺意的黃色眼睛。

「GOOROGB！」

「GROB！GOBORB！」

「GOOROGBGROOB！」

於是，他被捲進了混戰中。

將背靠在岩壁上，蹲低身子，舉起盾牌，亂槍打鳥一般不斷出劍。

不想再重蹈覆轍。他拚命刺向哥布林，這樣就不會有問題了。

喉嚨、眼睛、腹部、心臟，他帶著要一擊殺敵的覺悟送出每一劍，刺穿哥布林。

然而，哥布林依然想取他的性命。

他們用生鏽的短劍及槍尖，刺進從鎧甲底下露出的四肢，用力往深處剜，鮮血噴出。

但小鬼們一下踩到同伴的腳，一下被同伴的手肘撞到，引發醜陋的內訌。

團結一致是跟哥布林最無緣的詞。

至於他，只需要不斷出劍即可。除了自己，其他都是敵人。很好辦事。

因此他咬緊牙關，拚命攻擊。手一沒力肯定會死。

血與脂肪，肉與骨頭，每攻擊一次就會變鈍的劍刃讓他覺得十分煩躁。如果他是劍術高手，情況應該就不一樣了。

沉重的腳步聲響起時，戰況發生變化。

哥布林群背後，有隻高大——不如說巨大的哥布林，正在牛步逼近。

他把手中的棍棒扛在肩上，動作慢得彷彿要去種田。

「HUUUB……」

——跟鄉巴佬(Hob)一樣。

他喘著氣心想。鄉巴佬，大哥布林，有勝算嗎？有。

身體像機械似的行動。訣竅就跟把銀球丟進青蛙嘴裡一樣。

他轉了下長劍，反手握住，同時用盾牌砸死眼前的小鬼。

老師說過，用揍的就能擊碎他們的鼻骨，只要持續進攻，刺穿腦袋，即可取其性命。

他揮下反手握著的劍，首次離開岩壁，向前踏出一步。

扔出去。

「GOROOGB!?」

致命一擊(Critical)。

劍劃破黑暗，輕鬆越過小鬼的頭，刺中大哥布林的喉嚨。

巨大身軀的手在空中亂抓，咚一聲倒在地上。活該。

他抽出腰間的短劍，望向聚到周圍的小鬼。

「GROBG!?」

「GRG！GOOROOGGB！」

倖存下來的數隻小鬼，視線游移不定。

他們茫然看著自己的保鑣，再看看眼前身穿鎧甲的男人，慘叫著落荒而逃。
現在的他，沒有力氣追向扔掉武器、逃往洞窟深處的哥布林。
只能拖著鮮血淋漓的身體向前爬，壓制住還在抽搐的大哥布林。
「……喝！」
雙手握住插在喉嚨的劍柄，使盡全力刺斷他的脊髓。
這時傳來喀嚓一聲，長劍從缺口部分斷成兩截。
他失去平衡，倒在血泊中。莫名湧起一股想喝檸檬水的欲望。
緊緊握住的手中，是劍刃剩下三分之二左右的劍柄。
他搖搖晃晃站起來，輕輕揮了下劍，出乎意料地順手。
——這樣剛好。
「……幾隻了？」
現在，他終於有空喘一口氣，環視周圍。
屍橫遍野。掉在地上的火把照亮的景象，只能用這句話形容。
結束一場令人反胃的戰鬥，他踩爛那些哥布林的屍體。
自己殺了幾隻？放掉了幾隻？還剩下幾隻？
無法推測——說到底，這座洞窟裡面究竟有幾隻小鬼？
「……」

他意識到這一點，晃晃沉重的腦袋。

不管怎樣，該做的事顯而易見。不得不做的事亦然。

「得先處理傷口嗎。」

他把手伸進背上的袋子。

不用說，他當然累壞了。氣喘吁吁，心跳加速，視線模糊。

精神逐漸渙散，過度的血液循環害思考變得非常遲緩。

所以他才會沒發現。

「GOGGBR！」

「……!?」

沒發現胯下被踩爛的小鬼，拿著短劍撲向他。

等重量壓在背上時，已經太遲了。

正準備回頭，頭就被用力往後扳。小鬼抓住了他頭盔的角。

「……混帳……！」

「GBGGB！」

他還以為右肩爆炸了。

花了數秒才明白是被小鬼的短劍刺中。

配合心跳噴出的血濺到頭盔上。

「唔唔唔唔唔唔唔……！」

他低聲呻吟，倒向後方，用背去撞岩壁。

「GOOROG!?」

小鬼放聲哀號。再一次。

「GORO!?」

再一次。

「GOROOBGBG!?」

啪嚓一聲，頭上和背上的重量忽然消失。可是頭部重心歪得很厲害，角斷了。

他轉身用可以正常動作的左手，攫起掉在地上的角。

接著壓住在地上掙扎的小鬼，用角把他的喉嚨釘在岩壁上。

「GOOBGB……!?」

他在慘叫一聲停止動作的哥布林旁邊滑坐下來。

總之，先處理傷口。先治療。還有敵人。失去行動能力就糟了。

「……唔。」

然而，全身都在發抖。傷口明明在發熱，身體卻冷到不行。

試圖拔出短劍的左手顫抖著，嘴角不受控制地垮下來。口水流出。

他很快就知道原因。

硬拔出來的短劍上，塗了不明黏液。

「……咕、喔——」

——是毒。

扔開短劍，黑暗中響起短劍落地的喀啷聲。

他把手伸進袋子，之前有買解毒的藥水（Potion）。不會有事。不會有事……

「……？」

然而，指尖傳來的卻是溼答答的觸感，以及某種東西的碎片。

找不到藥水瓶。

……破掉了嗎……！

身體瞬間寒到骨子裡，這並非毒素的影響。

大概是剛才遭到偷襲、摔倒在地上時破掉的。事到如今後悔也沒用。

回到鎮上——不對，回到村子就能接受治療嗎？不可能。

身體不受控制，跟發燒一樣全身無力。

這樣下去會死。

毫無疑問。

「……」

他用發著抖的手把袋子勾到手邊，將袋子的一角塞進頭盔。

然後咬住吸飽了治癒藥水和解毒藥水的布料。

用狼狽的姿勢，拚命吸吮滲出的藥液。

他不打算死在這裡。

至少現在還不行。

§

神色大變的部下們吆喝著有侵入者來襲，辦事辦到一半被打擾的酋長，不悅地咕噥了聲。

他用手杖痛毆大聲嚷嚷的部下，順便踹了下一點聲音都發不出來的孕母，問部下「什麼事」。

他輕易聽懂部下語無倫次的發言，並整理好情報。他很聰明。

看來是有冒險者入侵——而且才一個人。

愚蠢的傢伙。酋長在內心嘲笑，大概很快就會遭到偷襲，死在他們手下吧。

不是女的固然可惜，但男人的肉口感較好。並非壞事。

他是這麼想的，然而事與願違。

不僅沒殺掉冒險者，連**過客**都被他幹掉了。

酋長用骯髒的辭彙咒罵冒險者，氣得跺腳，還順手揍了部下。

他氣的不是部下被殺。

而是自己完美的（酋長這麼認為）巢穴被搞得一團亂，令他無法忍受。

酋長命令部下召集殘存的同胞，逃回來的小鬼哀哀叫著跑走。

該死的冒險者。害他又得去抓孕母來。

哥布林的思考模式非常自我中心，永遠覺得自己是弱者、被害者。

同時卻又認為自己是世上最偉大的存在，這才是最糟糕的。

他再度將倖存下來、逃回這裡的四隻哥布林派出去，追擊冒險者。

非得親手殺了那個冒險者才甘心，更重要的是，不這麼做同胞也不會服氣吧。

畢竟小鬼的巢穴，建立在統治者的不信任和部下的嫉妒上。

一個失手就會被其他蠢貨扯後腿，酋長無法接受。

幸好冒險者似乎在戰鬥中受了傷。

血跡從愚蠢同胞的屍堆中，往入口延伸。

不僅如此，還有看起來像拖著身體走路的足跡。冒險者受傷了。肯定沒錯。

酋長露出下流的笑容，揮下手杖催促同胞前進。

小鬼們吱吱嘎嘎抱怨著，抵達入口處。

綠色月光從大大敞開的洞口照進來，滿溢著**早晨**的明亮。

這樣就不會看漏逃走的冒險者。

酋長揮了揮手杖，命令同胞衝到洞窟外。

接著噗滋一聲——兩隻同胞被壓扁了。

「GOROB!?」

發生什麼事？酋長一時之間還不明白，只知道有個巨大物體從上面掉了下來。

是大哥布林的屍體。對酋長而言，他是連死了都派不上用場的垃圾。

酋長想都沒想到，冒險者會把大哥布林的屍體拖到上面扔下來。

「GOBBBR！」

「GBO！GROOOBGR！」

勉強倖免於難的最後兩隻哥布林，害怕地回頭望向酋長。

真的是一群蠢貨。酋長用力敲那兩隻哥布林的頭，把他們踹到洞窟外面。

下一刻，從上面跳下來的什麼東西襲向其中一隻。

是身穿鎧甲的冒險者。頭盔的角斷了一根。

「GORB!?」

冒險者先用盾砸向離自己比較近的哥布林的頭，打爛臉部。

「GOROBRG!?」

從背後攻擊他的另一隻，則在轉身同時用盾牌邊緣掃過去。

哥布林胸口被連刀刃都稱不上的樸鈍金屬斬裂，慘叫出聲。

冒險者因為沒能一擊殺敵而咂了下舌，躍向前方，把盾牌抵進小鬼的頸部。

氣管被壓爛的哥布林，花了幾秒才窒息而亡。

對酋長而言，這幾秒就夠了。

反正那群廢物只能用來爭取施法的時間。

酋長已經揮下前端插著野獸頭骨的手杖，用尖銳嗓音念出含糊不清的咒文。

發現酋長要使用法術的冒險者回過頭，可惜太遲了。

雷電瞬間從手杖射出。

§

「雷箭（Thunder Bolt）」瞬間從手杖射出。

**他**並不知道這種生物的存在。不知道有會用法術的小鬼。

他反射性以右手當支撐點，藉鄉巴佬的屍體擋住攻擊。沒必要犧牲能正常活動的左手。

藍白色閃電命中大哥布林的屍體，彈開來，發出劈里啪啦的聲音灼燒著手臂。

發不出聲音——不如說，這種感覺並非痛苦那一類。

只是失去了知覺，被用力彈飛的感覺襲向右臂。

「唔、啊……!?」

事實上，他的確飛離了大哥布林的屍體好幾呎。

像是藥味的詭異味道在口中擴散，全身冒出冷汗。

他倒在地上，用左手將身體撐起。

——右手呢？

往旁邊看過去，右手還在。直到親眼見證前他都還無法相信，不過右手確實連接在身上。

他試圖控制右手動作，胳膊卻像腫起來似的，一點反應都沒有。

然而，並不是毫無感覺。

彷彿有無數棘刺纏繞在右手型的空白部位上，傳來灼燒般、難以言喻的痛楚。

不僅如此——他嘖了一聲，眼前的哥布林再度舉起手杖。

之後再去研究對手的真面目。既然還接在身上，右手也之後再處理就行。必須在他使出第二發法術前殺掉他。

大哥布林的屍體被雷電餘波震得一顫一顫，燒焦的肉冒出白煙。

把這當成掩護，也無法完全抵禦攻擊。方才那一擊就證明了這個事實。

那麼還能怎麼辦。憑現有的裝備。自己做得了什麼。該如何是好。

——怎麼做才殺得了他。

他迅速整理好思緒，硬是把盾牌後面的束帶拆下，重新握好把手。

「GOOBOOGOROGOBOG！」

酋長——哥布林薩滿高聲朗誦咒文，第二支「雷箭」貫穿空間。

藍白色光箭在空中畫出幾何圖形，直接射向他。

「————！」

他用盾牌擋住了攻擊。從大哥布林屍體的後方，以左手扔出圓盾。

圓盾劃出銳利弧線，在空中與法術撞上，將閃電彈開。

——比在祭典攤位上把銀球丟進青蛙嘴裡更簡單。

視野被刺眼的閃光覆蓋住，空氣中瀰漫皮革燒焦的噁心味道，黑煙撲面而來。

完全看不清楚。殘光烙印在眼皮底下，對方也一樣。

——這樣就好。

他用左手反手拔出長度變得要長不長、要短不短的劍，在黑煙中襲向薩滿。

「喔、喔……！」

「GBBRGGG！」

薩滿舉起手杖。他還能用咒文嗎？不知道，也無所謂。

——該做的事很簡單。

跳過大哥布林的屍體，撲過去，壓倒他，舉起劍，瞄準喉嚨揮下。

僅此而已。

「GOBORG!?」

手掌在倒下去的瞬間傳來命中的感觸，鮮血伴隨慘叫聲噴出。

看來即使是斷掉的劍，搗爛小鬼的咽喉還是綽綽有餘。

——這樣他就不能再用法術。

他身上沾滿小鬼骯髒的血液，持續施加重量，以折斷對方的骨頭。只有一隻手能用真不方便。

然後又補了一劍。這次是用不能動的右手壓在劍柄上，使勁刺下去。

「GOROGOGOR！？！？」

為了以防萬一，管他能不能用法術。絕對不讓他有機會使用。

他對在地上抽搐的薩滿施加更多重量，再度刺向喉嚨。

「——!?——————!?」

直到顫抖不已的身體停止活動。再一劍。又一劍。再一劍。要砍幾劍都可以。

「……」

——接著，他喘了口氣。

薩滿終於停止活動，整把劍都埋進了他的頸部。

右手僵硬得跟石頭一樣，握著劍柄一動也不動。

他煩惱了一會兒，用溢出來的血漿當潤滑劑，將手指從劍柄上扳開。

「……唔。」

環顧四周，黑暗中，滿地都是小鬼屍體。還在活動的生物只有他自己。

哥布林薩滿死了。大哥布林死了。哥布林死了。

——不對。

是他殺死的。

只要殺掉他們，就不會被殺。

「…………」

他再度握住插在屍體喉嚨上的劍柄，踩住屍體試圖拔出來。

然而血弄得他手滑溜溜的，光憑一隻手無法拔出。

他奮鬥了一下後低聲咂舌，從劍鞘裡抽出備用的短劍。

武器終於只剩這把。

他頂著因為頭盔的角斷掉、重心歪向一邊的腦袋勉強站起來，單手綁好火把。

靠著火把的光，再度踏進洞窟。

——裡面全是屍體。

內臟冒著熱氣，沾滿黑色血液，用空洞雙眼瞪著他的哥布林屍體。

他心想，還留有全屍已經算死得好看了。哥布林不配擁有這種待遇。
「入口四，酋長……」他下達判斷。「一……五隻嗎。」
他踢倒一隻哥布林，對方仰躺在地上，毫無疑問已經斷氣。
「看起來」死了。
因此他舉起短劍。
「六。」
一隻又一隻，將短劍刺進喉嚨，轉動，殺死他們。
死了就好。如果只受了致命傷，就給他最後一擊。想伺機偷襲就殺掉。
靠一隻左手做這些事，相當累人。
被血弄溼的短劍差點滑落，於是他用繃帶纏住反手持劍的手掌。
用嘴巴叼著繃帶，一圈圈纏上。雖然沒辦法打結，只要握住末端就不會鬆掉。
途中，令人作嘔的臭味和燒傷的右手傳來的劇痛，害他失去意識。
過了數秒，又或是數分鐘。搞不好是數小時或數日。他彷彿只是眨了下眼睛般恢復意識，吐出一口氣。
自己是倒在汙泥中，還是血泊中呢？兩者皆是吧。他緩緩起身。
他用一隻手搜起行囊，將被破掉的藥水浸溼的藥草塞進頭盔。
好苦。不過仔細咀嚼，能夠多少讓他清醒一點。

吃藥草並不會讓傷口痊癒，需要進一步處理。

然而，右手雖然痛到不行，痛就代表還有感覺。可以之後再說。

等把該做的事做完再說。

「……十。十一——十二、三、四……十五……十六……」

他耗費大量的時間，確認哥布林真的已經死亡。

拿劍刺進喉嚨，攪動，拔出短劍，再換下一隻。不斷重複。

等他終於走到洞窟最深處，不曉得過了多久。

起初，他沒有立刻理解那裡是哪裡。天花板很高，有風在吹。

是天然的還是之後挖掘的——他無法判斷這個大廳的由來。

遼闊的大廳，明顯是讓上位者使用的空間，裡面有一名被鐵鍊綁住的女性。

全身髒汙，動都不動。

如果他的記憶沒錯——且沒有昏倒太久的話——她大概被凌虐了一個星期。

「……活著嗎。」

動作微弱到讓人懷疑是火光搖曳產生的錯覺。

不過，那慘不忍睹、滿是齒痕的乳房正在上下起伏，證明這位村姑還活著。

然而就算救了她，她的人生已經被毀過一次。

「……」

他單膝跪在女性旁邊，檢查她的身體狀態後，默默起身。

這不是他該去思考的。只能選擇相信。

比起被人拯救，死在小鬼手下更幸福。那叫作幸福？開什麼玩笑。

他環視大廳，還有好幾個地方可供小鬼躲藏。

比如說——角落那個模仿人類、蓋出來炫耀地位的祭壇。

他踹倒用人骨蓋成的祭壇，窺向喀啦喀啦垮下來的骨頭後面。

「……」

是小鬼。

幾隻小鬼靠在一起，發著抖用纖細的聲音鳴叫，不曉得是不是在求他饒命。

他看著縮在房間角落，緊盯著自己的小鬼。

小隻的鬼。哥布林的小孩。小鬼的小孩。

一定是大人叫他們躲起來的。不用想就知道。

他對這副模樣有印象。

是對侵入自身住處的生物露出的眼神。

他像在思考般歪過頭，站在原地。

小鬼手中握著石頭，不曉得是不是想把武器藏起來。

他吸了口氣，吐出。

腐爛的肉與穢物、泥土混在一起，懷念的氣味。

他左顧右盼。

自尊心被徹底踐踏的村姑，發出微弱的呼吸聲。

他慢慢點頭。

計算數量。

「二十一。」

然後揮下短劍。

§

她看見夕陽，心想「真像血的顏色」。

將天空染成鮮紅，沉入西邊的太陽。

每當在牧場牧牛時看到這個畫面，她都會別開目光。

——從小就這個樣子嗎？

或許是。

討厭夕陽。夜空倒很喜歡。討厭沉下去的太陽公公。

——為什麼？

現在跟以前有不同的理由，這一點她自己也注意到了。

小時候是因為不想回家。

太陽下山就不能玩了。必須跟他道別，乖乖回家。

不知為何，她總是非常不甘願。

至於現在——

「……呃，不是想這種事的時候。」

得盡快把牛趕回牛舍，牧牛妹搖搖頭。

長髮搖曳。明明是自己決定留長的，有時卻會覺得這頭長髮非常煩。

「啊啊，討厭……」

她撥開頭髮，發出「唄——唄——」一聲趕牛回去，有氣無力地走向前。

不經意地往旁邊一看，街上行人的影子長長延展到牧場。

長到有點噁心，僵硬地動著手腳的影子們。

商人、旅人、冒險者——沒錯，冒險者。其中有個怪模怪樣的冒險者。

身穿鎧甲，手拿圓盾，腰間配著一把劍，毫無疑問是冒險者。這沒什麼。

不過，那人全身沾滿穢物，頭盔的角斷了一根，盾牌破破爛爛，劍也有點醜。

這副模樣看起來彷彿散發出一股異味，有些人看了皺起眉頭，有些人則在旁邊竊笑。

並非基於惡意。

因為新手冒險者碰了釘子，落荒而逃是很常見的事。

沒有人不吃苦頭就能獲得成長。跟小孩子總是要摔過跤才學得會走路一樣。

然而，看見別人辛苦的模樣，誰都會有這種反應。或是憐憫，或是嘲笑。

牧牛妹屬於前者——也就是憐憫那位冒險者，皺起眉頭。

——他受傷了嗎？

垂著一隻手臂，拖著一隻腳默默走在街上的身影，看起來實在很慘。

但也僅止於此。除此之外，沒有什麼特別的感覺。

畢竟事實就是這樣，受傷的冒險者走在路上，有什麼特別的嗎？

然而，當她停下腳步，隔著街道與牧場間的那段距離目送與自己擦身而過的他離開時——

「……咦。」

趕牛用的棒子從牧牛妹手中掉了下來。

無法用言語說明。是直覺。愚蠢的直覺。

可是仔細一想，她也不認為需要其他理由。

假如。假如說。

假如他還活著，一定會——

——成為冒險者……！

這個瞬間，牧牛妹飛奔而出。越過柵欄，連身後那群牛都忘記了。

離街道只有一小段距離，她卻覺得只要移開目光就會跟丟他，不敢眨眼。

「那、那個，喂……！等等——等一下啊！」

他沒有駐足，沒有回頭。是不知道她在叫自己嗎？

牧牛妹咬緊牙關。

上一次跑這麼快，肯定是小時候的事。

明明不管她跑得再努力，都沒辦法從村裡跑到這麼遠的地方。

「我叫你，等一下啊……！」

她下意識伸手抓住他的手臂。成功抓住了。

然後用力一拽，對方這才終於停下腳步。牧牛妹用另一隻手按住胸部，鬆了口氣。

四周的行人紛紛往這邊看過來，感覺很不舒服——不。

頭盔面向這邊，從底下緊盯著自己的，是一對紅眸。

「那、那個……」

看不見他的表情，卻有種眼神刺在身上的感覺，她吞了口口水。

「……欸，你還記得我……吧？」

聲音在顫抖。他認得出我嗎？還是我認錯人了？握住他手臂的手也在顫抖。
萬一是我誤會怎麼辦？事到如今，她才想到這個問題。
是的話就太蠢了。跟笨蛋一樣。她用力咬住下脣。
那人微微歪過頭，過了一會兒，用極度低沉、冰冷的聲音嘀咕道：
「……嗯。」
——果然！
她不知道湧上心頭的感情為何物。
牧牛妹不明白自己該高興還是該哭，整張臉皺成一團。
「你家呢？你住在哪裡？你之前都在做什麼……還好嗎？姊姊呢!?」
事已至此，她再也無法克制。
話語不斷從胸口湧出，說出口的話多到連自己都為之震驚。
五年——五年了。要說什麼？要從何問起？說點什麼，傳達給他吧。
不過，毫無條理的一連串問題戛然而止。
因為他沉默不語，連一點沉吟聲都沒有發出來。
「啊，呃……」
他從頭盔底下凝視不知所措的她。
然後開口說道。

語氣平靜，彷彿什麼事都沒有發生。

「……我在殺哥布林。」

「啊……」

她倒抽一口氣。

空蕩蕩的棺木閃過腦海。

沒有裝任何東西就下葬的父親、母親。

她向舅舅問了什麼，舅舅沒有回答。

一陣風吹過，吹得牧草沙沙作響。

讓人覺得莫名冰冷的寒風。

「呃，那個……」

瑟瑟發抖的手放開了他的手。她緩慢地將手縮回去，確認他沒有動。

深吸一口氣，吐出來。

牧牛妹不知道該怎麼做才好，卻知道自己能做些什麼。她是這麼認為的。

「等、等我一下！」

「……」

她這麼對他說，沒有回應。

不過，那大概是「知道了」的意思。

她擅自認定，轉身跑開。跑了幾步後回過頭說：

「不可以走喔！」

牧牛妹回頭確認他沒有離開，擦了擦眼角，再度狂奔而出。

那個人杵在原地，宛如在等姊姊來接他回去。

§

「舅舅！」

牧場主人緩緩轉頭，望向用力打開家門衝進來的姪女。

今天的工作剛好告一段落，他將菸草塞進菸管，正準備抽根菸。

難得看她這麼著急。真的是——從來沒看過。

「那孩子……那孩子！」

「好了，冷靜點。沒事吧？有人對妳怎樣了嗎……？」

見她如此慌亂，舅舅差點忍不住站起來。

她是妹妹的女兒。不幸的女孩。他不會說要代替她的父母，但自認有用心撫養她。

路上很多無賴之徒，就算是冒險者，低等級的也跟小混混差不了多少。

浮現腦海的推測，是那群人對姪女做了什麼。

「不是……不是的……」

姪女卻搖頭否定，頭髮都亂了。

顫抖著的聲音從喉嚨傳出，聽起來像哭聲。

「那孩子……住在隔壁的那孩子，活著，還活著……！他還活著！」

「……什麼!?」

這次牧場主人真的嚇到踢開椅子，站了起來。

「住在隔壁……那座村莊的嗎？」

「嗯……」

她哭皺了臉，淚水不停從眼角滑落，頻頻點頭。

啜泣一陣子後，她努力接著說道：

「他，好像在、當冒險者……現在，就在那裡……！」

「冒險者……」牧場主人板著臉搖頭。「剛工作回來嗎？」

「大概……大概是。」

關於冒險者的傳聞，大多不可信，正因如此他才明白。

新手冒險者的工作，不是清除下水道的汙泥，就是——

「剿滅哥布林嗎。」

「……嗯。」

姪女無力地點頭，牧場主人低聲呢喃「果然啊」。

冒險者。難道沒有其他路可走？這個世界對獨自生存的孤兒來說，著實過於殘酷。

不過，可是啊，冒險者……而且還是哥布林——

「我想……讓他借住一晚……」

不行嗎？聽姪女這麼問，牧場主人面色凝重，嘆了口氣。

——考慮到他孩童時期的經歷，會想報仇也是理所當然。

自己也失去了家人，不是不能理解他的心情。

記得那名少年年紀跟姪女差不多，頂多十三、四、五歲……

還太小了，無法整理思緒、控制住激動的情感也在所難免。

路過揍了自己一拳的傢伙，之後徹底忘記這回事，在某處過著愜意的生活。

很少人有辦法原諒這種事。任何人都是。

然而，得耗費多少力氣才能找出那個「對象」，並回敬一拳？

更何況——那個「對象」十之八九已經被解決掉了。

——……等他摧毀兩、三個巢穴就會冷靜下來了吧……

不管怎麼說，這可是侄女的請求。

被自己收養後，一直低著頭，從不表露心情的女孩。
那個女孩正拚命拜託自己。
他怎麼可能忍心踐踏她的心意？
「……我明白了。」
牧場主人深深嘆息，巨岩般的黝黑臉龐上浮現笑容。
「別說一晚，讓他住下來吧。」
「可以嗎？」
姪女停止哭泣。
儘管眼中還泛著淚水，她立刻破涕為笑。
「只不過，住宿費還是要付。這部分得算清楚才行。」
牧場主人當然不會忘記叮嚀。
姪女似乎相當信賴那名少年，但身為監護人的自己可不能跟她一樣。
五年——故鄉滅亡後，過了五年。
這段時間足夠讓少年當上冒險者，也足夠讓他淪為一個無賴之徒、一個下三濫。
要讓他住在外面的倉庫？還是其他地方？無論如何，在掌握少年的狀況前，隨便給個棲身處就行了吧。

「這樣也可以的話，帶他過來。」

「嗯、嗯，知道了……！」

姪女用袖子擦了好幾下臉。

眨了好幾下紅腫的眼睛，點頭說道：

「我馬上帶他過來！謝謝你，舅舅！」

牧牛妹轉過身去，用比衝進家門時更快的速度跑走。

見她關上門，牧場主人深深嘆出不知道第幾口的氣。

「好了……」

看她那樣，八成是扔下牛跑回家的。

得代替她把牛趕回來才行。牧場主人如此心想，大大伸了下懶腰，準備上工。

他們不是陌生人。雖說只是姪女的朋友，緣分就是緣分。他是那個村子的村民。

——沒什麼好擔心的，只要讓他度過穩定的生活，心情終究也會平復吧。

他完全沒料到，自己的想法大錯特錯。

§

夜空中掛著點點繁星，以及明亮的雙月。

他抬頭盯著紅色、綠色兩輪月亮。

遠方的街上，傳來即將結束這一天的人們的喧囂聲。

黑暗的森林深處和牧場的草木搖晃聲。

側耳傾聽，說不定還能聽見躲在大自然中的野獸叫聲。

但他並沒有這麼做。

他只是站在原地，回顧今天的戰鬥。

整頓裝備，踏進洞窟，與哥布林戰鬥，殺死哥布林。

親手殺死二十一隻哥布林的陌生手感，依然留在掌心。

背著村姑回來，將她交給村長。之後的情況他就不清楚了。也沒興趣過問。

他不覺得自己贏了，不覺得自己輸了。也不覺得自己救了人。

毀了一個巢穴，僅此而已。

本以為毀了一個哥布林的巢穴，應該會有什麼改變。

——結果什麼都沒有。

就只是少了個哥布林的巢穴。

再沒有別的。

毫無變化。

一定什麼都沒有改變。難道他懷有些微的期待？怎麼可能。

心中一片冰冷，連一點漣漪都沒有。

——要思考的事情很多。

劍雖然斷了，斷掉後反而更好用。之後得去添購短劍。

鎧甲還不錯，問題是無法應付突刺系攻擊。需要孔隙較細的鎖子甲之類的。

帶盾牌是正確的抉擇。要用更小一點、方便行動的……沒有把手，只有束帶的。

頭盔很重要。他等於被頭盔救了一命。但這根角要怎麼辦？

解毒劑。藥水。治療道具。還得準備各種小東西。多對一。需要更多手牌。

該制定戰術。這樣下去會死。死是沒關係，可是只帶一、兩隻一起上路太不划算。

戰略也很重要。必須更加確實、徹底地殺掉更多小鬼。

不動手就會被殺掉。此乃真理。

思考，擬定對策，進攻。還不能疏於鍛鍊。

不可能剛開始就什麼事都順利進行，但下次會做得更好。再下次會更順利。

一兩個巢穴稱不上結束。怎能就此結束。

這是開始。自己才剛踏出第一步而已。

——要把哥布林全部殺光。

「喂——！」

就在這時。

一名少女燈也沒拿，氣喘吁吁地從昏暗的街道上跑過來，胸部隨著步伐晃動。

是叫住自己的她。他還記得。她叫他「等我一下」，所以他等了。

「舅、舅舅、舅舅說，他說……！」

她一看見自己就笑著說「太好了」，一定是錯覺吧。

「他說，你可以住我們家……！所、所以，跟我——」

一起走吧。她用微弱的聲音說道，彷彿隨時都會哭出來。

「……」

經過片刻的沉思，他緩緩點頭。

# 間章

## 「兩人之後的對話」

「咦咦!?妳讓他一個人出發了!?」

「果然不行對吧……」

「也不是啦……只是不曉得會不會有問題。」

「因為，我沒想到他竟然是單獨行動。」

「好吧，總之下次要小心喔。」

「下次……」

「畢竟，也只能叫妳下次小心了嘛。與其在這邊難過，不如勤加確認！」

「是……」

「好了，新的冒險者來囉……該說特別嗎，那人有點怪怪的耶。」

「是……咦!?」

「……」

「那、那個。呃……請問，需要什麼服務？」

「哥布林。」
「什麼？」
「有哥布林。」

# 第4章 『中場』 Middle Phase

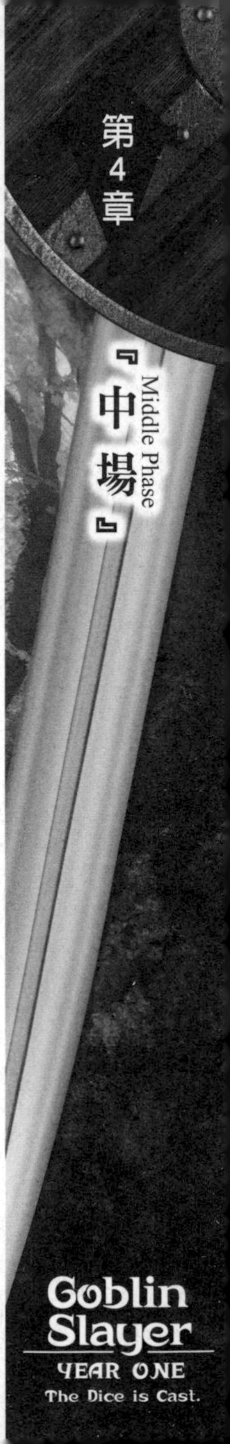


牧牛妹站在房門前反覆深呼吸，胸口上下起伏。

升上天空的朝陽，將陽光從窗外投射進來，還聽得見響亮的雞鳴。

今天她起得比平常早，服裝儀容也整理好了。準備完畢，只差覺悟。

「好、好……」

她下定決心，握緊拳頭，然後轉動門把、推開房門。

「早、早安！天亮囉！……唔。」

努力裝出朝氣蓬勃的模樣進到室內，看見的卻是空無一人的寢室。

講好聽點叫整齊，裡面除了床以外，只有用稻草做的椅子。

床上也只有折好的毯子，看不出有被人用過的跡象。

牧牛妹尷尬地搔搔臉頰。太晚來了。

「……出去了嗎。」

還是尚未歸來？

豐滿的臀部輕輕坐到床上，她深深嘆息。

神不知鬼不覺地出門，神不知鬼不覺地回家。幾乎沒有機會碰面。

「……我有很多話想跟你講的說。」

這樣豈不是真的只是借他地方睡覺？

「冒險者很忙嗎？」

不曉得。

住在有冒險者公會分部的城鎮，卻對此一無所知。

不知道的事情太多了。為什麼？明明在這裡生活了五年。

——因為她從來沒出過門。

牧牛妹咬住嘴脣站起來。

急忙整理好她弄亂的床單。

然後打開房門，快步走向飯廳。決心從動腳開始。

吃完早餐，將菸管塞進菸管，準備抽一根菸的舅舅望向她。

「喔喔，妳起得真早。」

「舅舅，今天要送貨到鎮上嗎？」

要是稍微扯到其他話題，決心可能會動搖，所以她決定把想講的話一口氣說出來。

「有、有是有。」

牧場主人大概是被姪女的氣勢嚇到，把椅子撞得發出聲音，點點頭。

「……怎麼了？」

「我也要去！」

先一步一步來。牧牛妹面對瞪大眼睛的舅舅，雙手用力握拳。

§

「啊嗚啊啊啊……」

新來的櫃檯小姐吐出一口無力的氣，額頭貼在櫃檯上。

周圍堆滿文件，全是今天接到的要給冒險者的委託。

有櫃檯小姐自己該負責的，也有從其他人那邊接手的。

她把頭轉向旁邊，翻開一張文件，上面果然寫著「剿滅哥布林」。

不能怪她想嘆氣。

「嘿，這樣很難看喔！」

「可是……」

同事看她癱在櫃檯上，拍了下她的頭。

擁有神官資格的她，做事總是十分俐落，櫃檯小姐相當羨慕。

總有一天，她應該會正式被任命為監督官吧。

她不覺得自己有辦法獻上足以讓神引發神蹟的祈禱。

「一下來了這麼大量跟哥布林有關的委託，會來不及消化的。」

「妳說大量……跟平常差不多呀。」

「是沒錯。」

櫃檯小姐噘起嘴巴，用手整理好堆成山的文件。

每當一支新手冒險者團隊組成，就會多出一個哥布林巢穴。

剿滅哥布林的委託，頻繁到有人如此揶揄。

除此之外，關於盜賊、巨人、蛇女、鳥身女妖等怪物的委託當然也很多。

只不過按照種類區分，櫃檯小姐覺得剿滅哥布林的委託是最多的。

「交給新人不就得了？」

「但是……」櫃檯小姐無意義地拿起筆。

「又不一定會順利。」

「自行負責。」

這次換成額頭被同事彈，櫃檯小姐「啊嗚！」叫出聲來。

「——我不會講這種話，但順不順利是冒險者該承擔的吧？」

「是……」

「我們的工作是仲介委託、與冒險者斡旋，順利達成就給他們信用及報酬。對吧？」

「……是的。」

知道就好。同事留下這句話，迅速回到自己負責的櫃檯。

公會裡已經擠滿來尋求工作的冒險者，沒空給她休息。

她翻開還沒整理好、不能貼到布告欄上的文件，再度嘆了口氣。

──這點報酬只能算勉強過關……沒辦法，畢竟是村子的委託。

荒村、農村、開拓村的委託。對村子來說是一筆大錢，對熟練的冒險者來說是一筆小錢。

委託必然會分給最低階的白瓷，或是第九階的黑曜這種新手冒險者。

倘若新手冒險者的團隊能一次就完成委託當然最好。

即使失敗，也能減少哥布林的數量。之後再派第二、第三隊冒險者進去，就能摧毀巢穴。

評估自己的力量、裝備並配合同伴挑選委託，也是冒險者的資質。

包含這點在內，能否讓冒險成功，全部該由冒險者自行負責。

他們沒有餘裕優待所有因為無法維生而來當冒險者的人。

——簡直像要刻意減少冒險者人數……

她常常這麼想，不過，總不能讓那些不法之徒和惡棍到處惹事。

話雖如此，這種做法終究還是在把人送入死地。

——我是不是選錯工作了啊。

她還沒整理好心情，裝出笑容以掩飾自己的想法。

面前突然出現一名魁梧的冒險者，大概是來找今天的工作。

「嗨，有沒有消滅巨人之類的委託？那種任務順利完成的話能賺不少錢。」

「對不起。今天沒有巨人的委託……」

櫃檯小姐垂下眉梢，啪啦啪啦翻閱文件。說不定——一絲希望閃過腦海。

「那個，哥布林的話倒是有……！」

「哥布林？」

魁梧冒險者的反應並不理想。

他板起臉，傻眼地搖頭。

「哥布林報酬少，又無聊。那種是白瓷的工作吧？」

櫃檯小姐咬住嘴脣。啊啊，果然。她心想。

不能硬逼人家，也不允許這麼做。

「實在不好意——……」

「哥布林嗎？」

正當準備低頭致歉時。

櫃檯小姐完全沒發現他從什麼時候站在那裡的。

一名冒險者伴隨低沉、無機質的說話聲，從魁梧冒險者後面慢慢站出來。

骯髒的皮甲，斷了一根角的鐵盔，手上綁著一面小盾，腰間是一把要長不長、要短不短的劍。

有一定耗損度的裝備，證明他經歷過好幾次冒險。

櫃檯小姐接待過他幾次，早已記得這身裝備。

當初看見他隻身從哥布林巢穴歸來時受到的衝擊，真是難以形容。

但他從來沒有插過話，櫃檯小姐忍不住眨眨眼。

「哥布林嗎？」

同樣的問題。櫃檯小姐好不容易才擠出聲音回答「啊，是的」。

他平靜地咕噥道「是嗎」。

「哥布林的話，由我去。」

「怎麼？白瓷的小子啊。」

魁梧冒險者斜眼瞄過去，一看到他就面露詫異。

「你之前是不是也接了剿滅哥布林的委託？」

「嗯。」他點頭。「我殺了哥布林。」

魁梧冒險者哦了一聲，點點頭，一副沒興趣的樣子，接著卻揚起嘴角。

「剛好，那就這麼決定了。我就接這邊的……」

魁梧冒險者朝櫃檯內側探出身子，拿起一張文件。

「……驅逐火冠山（Fire Top Mountian）的魔法師。」

「啊，好的！地點似乎位於地下迷宮，請小心。」

櫃檯小姐急忙著手處理委託的承接流程。

說明報酬、確認委託內容、確認冒險者意向，冒險者同意的話就逕行核定。

最近她終於變得比較熟練，好不容易流暢地將資料填入文件，鬆了口氣。

魁梧冒險者丟下一句「新人就從剿滅哥布林和除老鼠開始加油吧」，轉身離開。

穿鎧甲的冒險者無趣地看了他一眼，轉過頭。

「所以，是哥布林嗎？」

——哇。

櫃檯小姐一瞬間嚇到了，或許是因為她在無表情的頭盔底下，看見一雙紅眼。

她搖搖頭轉換心情，得面帶笑容才行。

「不是哥布林嗎。」

「沒、沒有……」

他的反應令她笑了出來。不小心的。她努力集中注意力，清清嗓子。

「……是哥布林沒錯。有好幾件委託。」

「是嗎，果然是哥布林。」

——這個人怎麼回事？

搞不清楚。櫃檯小姐有點疑惑，從堆積成山的文件裡抽出委託書。

在都城研習的時候也是，到這個城鎮就任後也是，她看過許多冒險者。

有奇怪的人，有性格乖僻的人，有得意忘形的人，各式各樣。

——可是，這個人好像，不太一樣……？

「那、那個，首先是第一件。村裡的家畜被哥布林偷走，年輕哨兵受了傷……」

「我接。」

他立刻回答。

沒問報酬就答應，從櫃檯小姐手中取走委託書，像要把它搶過來似的。

「兩、三隻嗎。」

「……那個，不用說明報酬嗎？」

「不用。」

他的語氣聽起來對此毫不關心，櫃檯小姐發出「嗯——」的沉吟，臉頰微微抽搐。

「您不仔細聽完說明，我們會很為難……」

「是嗎。」

「是呀。」

櫃檯小姐正經八百地點頭。再怎麼說，對方可是習慣動刀動槍的人。因報酬而發生爭執時，被罵的往往都是她們櫃檯人員。

在都城的時候不是學過嗎？堅定的態度是很重要的。

「事關信賴與信用。正因為是工作、必須付錢，相對也請您認真看待——也有這層涵義。」

她自己其實也沒有懂到可以豎起食指對人說教。

「況且沒有報酬，哪來的錢付房租、付餐費、買裝備？」

所以她在自己清楚的範圍內，補充跟報酬有關的說明。

這是理所當然的事，不用別人教也會明白。

但他卻陷入沉思，低沉的沉吟聲從頭盔傳出。

「……那我聽。」

看到他點頭，櫃檯小姐把手放在形狀優美的胸部上，放下心來。

——幸好他願意接。

櫃檯小姐接待過這位冒險者幾次，每次他都選擇剿滅哥布林的委託。

大概因為還是新手，沒有跟別人組成團隊這點令人驚訝，即使如此，他還是幫上很大的忙。

總有一天，他也會升上更高的等級，跑去挑戰更強的怪物吧。

——……不過，現實就是這樣。

「感謝您一直以來的協助！」

他即將前往死地。能跟他道謝的機會，搞不好只有現在。

櫃檯小姐晃著麻花辮垂首，他緩緩歪過頭。

似乎不明白她為何向自己道謝。

——意外地不是個壞人。

櫃檯小姐腦中閃過失禮的念頭，開始向成為熟客的他說明委託細節。

§

「喂，跑去那邊囉！」

「哇、哇，要逃走了!?」

「包圍住就不會那麼辛苦了！」

「請大家不要鬆懈，雖說是哥布林，終究還是怪物！」

四人組的冒險者團隊，在染上暮色的村莊外揮動武器。

「我知道啦！」

頭目是前幾天剛登記的新手冒險者。

他用力揮動雙手劍，一口氣殺向前。

「GROORB!?GOORBGBORG!?」

抱著蔬菜四處逃竄的小鬼被這一劍擊中，慘叫出聲。

從他手中滾出來的蔬菜掉在地上，碎掉、爛掉，哥布林一命嗚呼。

內臟及血液從腹部溢出，噴到蔬菜上，頭目「嘔噁」地皺起眉頭。

「不能吃了……」

「喂，那邊、那邊！」

還有一隻！如此吆喝的是獵兵（Ranger）少女。耳朵有點尖，是半森人。

她指向的地方，有隻小鬼抱著小羊，企圖逃進森林。

「『土精（Gnome）、水精（Undine），請織出一塊神奇的被褥！』」

儘管不及森人，半森人也能與四方精靈溝通。

她拿起掛在腰間的水袋，把水灑出去，水便像跳舞似的在地上行進。

然後在宛如歌唱的言語引導下與土精靈融合，變成汙泥，絆住小鬼的腳。

「GROORB!?」

哥布林陷進「泥陷阱（Snare）」，摔倒在地。小羊掙扎著從他手中逃出。

「好，得手了……！」

另一名戰士對他揮下斧頭。如同岩石的矮小身軀及肌肉，是礦人（Dwarf）。

哥布林的頭蓋骨被單刃斧擊碎，腦漿四散，用力抽搐一下後斷氣了。

礦人晃著沾到血的鬍鬚，呵呵大笑，踩住屍體拔出斧頭。

「這樣我們殺的數量就一樣啦！」

「少得意，下次我一定會贏。」

身為頭目的戰士如此回應道，把劍上的血甩掉後才收進劍鞘。

之前遇到緊急情況的時候，來不及拔出背在背上的劍，所以他現在都把劍鞘掛在腰間。

「看來沒人受傷。我放心了。」

見眾人毫髮無傷，侍奉知識神的禿頭僧侶鬆了口氣。

經歷數次冒險——其實只是探索遺跡——第一次在野外戰鬥。

趕走幾隻哥布林根本不成問題，不過沒人受傷還真幸運。

「你那邊狀況如何？」

「沒問題。」

他冷靜回答。

是一名裝備看起來非常寒酸的冒險者。

斷了一根角的鐵盔、骯髒的皮甲，綁在手上的圓盾把手也壞了。

他用手中那把要長不長、要短不短的劍，往壓在身下的哥布林延髓刺下去。

「二。」

他冷酷地轉動長劍，發出喀嚓一聲，壓斷小鬼的背骨。

「……那邊二。加起來三嗎。」

「嗯。菜雖然不能吃了，好險搶回了羊。太好了太好了。」

頭目笑著問「對不對？」半森人少女回答「嗯！」，微笑著抱起小羊。

小羊在平坦的胸前掙扎，試圖逃走，卻無法從半森人少女纖細的手臂下逃脫。

「真是，待在那麼令人羨慕的地方，還有什麼不滿嗎……」

「令人羨慕？」少女歪過頭，接著理解了頭目的意思，鼓起臉頰罵道：「討厭！」

「抱歉抱歉。」

頭目戰士向她道歉後，少女的表情就立刻恢復和緩，撫摸小羊的頭。

礦人看著這溫馨的畫面，「哎呀呀」搖搖頭。

「哥布林就是這點程度。」

扛著戰斧的礦人興致缺缺地哼了一聲，他回答「是嗎」。

他踩住哥布林的屍體，拔出劍，用劍尖將屍體翻過來。

仰倒在地上的小鬼非常瘦，肋骨凸出。滿是髒汙的身體散發出異味。

「……看來沒有巢穴。」

聽他這麼說，禿頭僧侶摸著腦袋從旁觀察屍體。

僧侶可能是已經習慣，伸出手指仔細檢查。

「嗯，看這樣子，他吃得沒有很好。很瘦。是流浪者或過客吧？」

「**過客**？」

他把劍上的血液甩掉，收進劍鞘，只剩一根角的鐵盔歪向一邊。

「無家可歸……這是人類的說法。『過客』似乎是指失去巢穴的哥布林。」

「還有呢？」

「不清楚……」

僧侶摸了下光滑的禿頭，搖頭說道。臉上帶著困惑的笑容。

「我對哥布林不是很瞭解。」

「是嗎。」

他只有短短應了聲，再度開始觀察哥布林屍體。

頭目從背後興致勃勃地看著，親暱地把手放在他肩上。

「因為殺哥布林只是為了賺買裝備的錢嘛。」

頭目說「下一件委託好像有點難度」，他喃喃說道「是嗎」。

「哥布林嗎？」

「不是啦。」頭目露出不知道他在說什麼的表情。「是探索礦山。」

「聽說是沒辦法挖金礦了～」

「八成有怪物之類的潛伏在礦山裡面。」

礦人戰士一副知曉原因的樣子，對半森人少女點點頭。

森人及礦人從神話時代開始關係就不好，難道半森人不一樣嗎？

那名礦人瞇細鬍鬚上方的眼睛，緊盯著他。

「話說回來，真沒想到會跟其他冒險者一起狩獵。」

他說得對。

曝屍於此的這些小鬼，襲擊附近的村莊時肯定什麼都沒想。

一個村莊委託冒險者剿滅哥布林，一支團隊接受；一個村莊委託冒險者協助防衛，一個人接受。

「哎，這也是某種緣分。畢竟這傢伙登記成冒險者的日子跟我同一天。」

不過，只要能順利拿到報酬就沒問題。

頭目輕浮地用力拍他肩膀。

「欸，你是單獨行動對吧？可以的話，下次再一起……」

「不。」

他的回應很簡潔。

「哥布林。」

語畢，他拔出短劍。

接著粗魯地剖開小鬼的腹部，動作如同獵人在解體獵物。

半森人少女「嗚！」一聲嚇得叫出來，禿頭僧侶臉頰抽搐，問他：

「……你在做什麼？」

「調查。」

他像機械一樣動著手，淡淡回答，拔出一個內臟。

「我也不是很瞭解哥布林。」

一行人露出在迷宮裡遭遇不明生物般的表情，面面相覷。

有人率先開口說道「走吧」，他們便逕自離開，這也是無可奈何。

而他在那裡露宿了一晚，確認小鬼的援軍沒有出現，才踏上歸途。

§

「唔、哇……」

看見眼前的盛況，牧牛妹差點頭暈。

冒險者公會──以及聚集在那裡的冒險者們。

現在是下午，人是有變少一些，可是在牧牛妹眼中仍然一片混亂。

穿著自己的裝備，種族、職業、年齡各異的人們，在大廳走來走去。

礦人跟圃人在街上看過，森人倒是只聽人說過。

跟她擦身而過的森人女性，美到令牧牛妹眨了好幾下眼。

她知道這樣很失禮，還是忍不住看得出神，八成是因為這輩子都不會有機會認識森人。

「那我去交貨。乖乖在這邊等。」

「啊，嗯、嗯，知道了！」

牧牛妹因舅舅的聲音回過神來，急忙點頭應允。

她看著舅舅走向櫃檯，杵在原地，突然意識到。

──他們在看我。

不曉得是因為罕見，還是因為她顯得格格不入，來來往往的冒險者不停瞄向她。

臉頰瞬間變燙，牧牛妹反射性低頭垂下目光。

——果然不該跟來。

她心神不寧地扭動身子，這個舉動又令她極度害羞。

她隔著瀏海偷看四周，目光停在疑似是用來讓人等候的長椅上。

坐在那裡一定沒問題。舅舅回來也能立刻看見。

牧牛妹如此心想，故作熟練邁步而出，以免引人注目。

要是自己因為緊張的關係，走路姿勢太過僵硬，真不知道臉都丟到哪去了。

她好不容易走到椅子前面，坐下來鬆了口氣。

——幸好沒人找我說話……

豐滿的胸部放鬆下來，牧牛妹終於開始觀察公會內部。

她不經意地尋找起**他**的身影，可惜沒看到那身鎧甲。

話說回來……

——……有各式各樣的人耶。

「真是，累死我……」

「還不都是因為你在那麼狹窄的地方用那麼大把的武器，學學我吧。」

「好了好了，先別管大哥哥大姊姊了……下一件委託是？」

「你也要記住啊。我看看，是調查礦山對吧？跟別隊一起。」

「好像是礦山深處有黏泥（Slime）之類的怪物冒出來。」

一支團隊熱鬧地聊著天，從旁經過，她呆呆看著那群人。

由扛著大劍——**闊劍**的戰士率領的隊伍。

有朝一日，他也會像那樣招募同伴嗎？

還是說，他已經加入團隊，跟同伴一起冒險了？

——如果是這樣……

她大概，肯定，會有點寂寞。

「請問您有什麼事嗎？」

「哇!?」

突然有人跟她搭話，害她嚇得從椅子上彈起來。

心臟撲通撲通狂跳，她按住胸口，回頭一看，一名公會職員擔心地看著她。

年紀大概比牧牛妹大一點。頭髮綁成麻花辮的模樣，讓人覺得很成熟。

「對不起，我沒有要嚇妳的意思……」

「啊，不會，我才該道歉。是我自己容易嚇到！」

公會職員愧疚地垂下好看的眉毛，牧牛妹急忙擺手解釋。

「呃，爸……」他還不好意思稱舅舅為父親。「那個，我……這個……」

牧牛妹紅著臉低下頭。

舌頭不聽使喚。是因為緊張嗎？是因為著急嗎？

她做了個深呼吸。這段期間公會職員依然在等她，牧牛妹的聲音變得更小了。

「牧場的……」

「啊啊！」

牧牛妹好不容易才擠出這幾個字，公會職員瞬間展露笑容。

「謝謝您們一直提供食材。」

「然、然後，那、那個……」

——為什麼以前沒有多跟人說話呢？

後悔也沒用，總之得把握這一刻。

現在不說出口的話，一定永遠講不出來。什麼事都做不到。

——給我動啊，我的舌頭……！

「以後，我也會來幫忙，呃……！」

她拚命發出聲音，這次卻不曉得要講什麼。

明白自己想傳達的意思，卻不知道該怎麼說。

公會職員對努力嘗試開口的牧牛妹露出微笑。

「是的，請您多多關照。」

「請多關照……！」

她主動伸出援手。

牧牛妹終於回過神，櫃檯小姐面帶微笑，優雅地一鞠躬。

看見她晃著線條柔和的腰部及臀部離去的背影，牧牛妹嘆息出聲。

——有種大姊姊的感覺……

男人是不是都喜歡那種氣質的？

「…………加油吧。」

牧牛妹喃喃自語，默默握住手。

§

**他**一穿過公會大門，交談聲便戛然而止。

踩著大剌剌的腳步踏進公會的長靴，黏著暗紅色汙垢。

髒到甚至散發出一股臭味的他每前進一步，冒險者們就面面相覷，交頭接耳。

「嗚哇，那傢伙就是那個人嗎……」

「聽說他解剖了哥布林？是想把哥布林肝拿去賣喔？」

「一個人跑去殺哥布林啊。常有的事……」

「不過這都第二、第三次了吧，不覺得他也該從殺哥布林畢業了嗎？」

想必是先回來的那幾位冒險者，在酒館或其他地方抱怨過。

冒險的結果總是傳得很快。

不對，就算其他人沒有抱怨，他的外觀也很引人注目。整理儀容也是冒險者的職責之一。

「如果他有斥候（Scout）或獵兵的技能，或許可以考慮邀他加入。」

「嗯，我就算了。我可不想看到有人當著我的面解剖怪物，或是把怪物的皮扒下來。」

「是說，那傢伙是凡人（Hume）嗎？看起來不像圃人……」

「說起來，他到底是男是女？」

「怎麼說都不會是女的吧……要賭一把嗎？」

「行。」

好奇、猜疑、興趣，冒險者紛紛瞥向他，竊竊私語。

但他毫不在意，直接走向櫃檯。

「好了，來去跟櫃檯小姐報告——唔喔!?」

拿長槍的冒險者興奮地走向前，一看到他就用力皺起眉頭，讓路給他走。

他看都不看長槍手一眼，默默走到前面。是插隊嗎？不，不對。

長槍手嘴巴一開一合，似乎想說些什麼，魔女從旁輕輕拉了下他的袖子，要他閉嘴。

——哎，這樣子的人突然出現，確實有點像不死者（Undead）。

櫃檯小姐統統看在眼裡。

深呼吸一次。按住私下頗為自豪的胸部，再深呼吸一次。在臉上掛起笑容。

「歡迎回來！委託的情況如何？」

「有哥布林。」

他只扔出這麼一句話，便陷入沉默。櫃檯小姐的笑容也僵住了。

「呃……」

叩叩叩。櫃檯小姐用浸過墨水的筆尖，在文件上點來點去。

——怎、怎麼辦？

她望向旁邊求救，可是同事也在忙著接待其他冒險者。

不如說因為他的關係，本來排在自己櫃檯前的冒險者都跑去其他櫃檯了。

——總、總之，只要填好文件就行……

「請、請問有幾隻呢？」

「三隻。沒帶武器。」

「呃，三隻，沒有攜帶武器。」

與委託內容一致。文件上寫著出現三隻左右的哥布林。

「……」

櫃檯小姐填寫文件的期間，鐵盔也一直對著她，動都不動。

——好、好彆扭……！

她並不會感到害羞或尷尬，但這個狀態實在有點坐立不安。

更重要的是，報告書上只寫「驅除了三隻小鬼」是不夠的。

她下定決心，彷彿要跟龍戰鬥般，面向這名神祕的冒險者。

「請、請問您如何剿滅他們的？」

「還有其他團隊的冒險者接了委託。他們兩隻，我一隻。」

出乎意料的是，他乖乖回答了。櫃檯小姐驚訝地眨了下眼。

這樣的話……她提心吊膽、有點退縮地詢問下一個問題。

「除此之外……」

「除此之外。」

「還有沒有，那個，發現其他事，或是做其他事。」

「……我在那邊待了一晚，觀察情況。不過，沒有援兵。」

他低聲咕噥道，鐵盔微微歪向一旁。

櫃檯小姐心想「哎呀？」這時好像在思考什麼的他，用依然低沉的聲音補充：
「那個團隊的僧侶說他們可能是過客。是失去巢穴的傢伙。」
「原來如此，原來如此……」
——啊，我懂了。
櫃檯小姐一面寫字，一面揚起嘴角。
沉默寡言，是個有點奇怪的人，不過。
——什麼嘛。只要問他，這個人就會回答。
會好好處理工作。會確實回來。
櫃檯小姐逐一跟他詢問細節，邊聽他回答邊點頭。
「那麼我重新確認一次。接下委託，前往當地後，遭遇三隻哥布林。」
「對。」
他點頭。櫃檯小姐想起玩具點頭人偶，笑了出來。
「在當地跟接下其他委託的團隊會合，剿滅三隻哥布林，沒有援兵。」
「嗯。」
「那麼，這樣委託就完成了。辛苦您了！」
臉上的微笑不是裝出來的。是自然而然浮現的。
櫃檯小姐看著筆記，按照規定程序打開金庫，拿出裝報酬的金幣袋。

剿滅哥布林的報酬。

荒村的人努力湊來的錢。

儘管統一換成金幣後，重量會變輕，蘊含在其中的心意並不會因此減少。

他緊盯著放在托盤上的錢袋，隨手一抓。

「我之前不是說過嗎？接下委託，工作，領取報酬。」

哼哼。她挺起其實有點自豪的胸部，得意地豎起食指。

「那就是冒險者的責任、信賴、信用。」

坐在隔壁的同事望向她，一臉「妳在說什麼啊」的無奈表情，但她完全不介意。

眼前的他剿滅了哥布林，自己則負責交付報酬，她很高興彼此的工作都順利完成。

櫃檯小姐腦中浮現不安地站在櫃檯前的那名農夫。

村民肯定也會鬆一口氣。

自己的工作是提供些許幫助，而他完成了那件委託——

「那，有哥布林的委託嗎。」

「咦……？」

整理著文件的櫃檯小姐歪過頭，懷疑自己聽錯了。

「哥布林。」

鐵盔直直面向自己。

排在隔壁隊伍的長槍手，露出難以置信的眼神。

——這個人是不是有問題？

腦中閃過這個念頭的，不只櫃檯小姐。

聽見這段對話的公會冒險者，瞬間面露錯愕。

櫃檯小姐吞了口口水。總覺得吞嚥聲聽起來特別明顯，聲音在顫抖。

「哥布林……嗎？」

「嗯。」

他堅定地回答。

然而，大概是因為看見櫃檯小姐臉上浮現疑惑吧。

鐵盔微微傾斜，低沉冷淡的聲音接著說道：

「報酬我會收。」

這句話該理解成他明白她的意思了，還是「所以讓我接委託」呢？

前去剿滅哥布林的新手冒險者。每天都來委託剿滅哥布林的人。

沒回來的人。不願接下委託的人。

接下委託，平安回來的人。

櫃檯小姐咬了下嘴脣，吐出一口氣。

事已至此，也沒辦法了。

既然要請他幫忙，就得提供協助。櫃檯小姐再度將筆泡進墨水瓶。

公會絕對不是職業的互助會，但也沒道理不幫助冒險者。

——應該沒有吧？

「哥布林嗎。」

「有的。有好幾件。」

沒必要對八成完全沒有察覺到她的感受的他裝出笑容。

沒辦法——她心想。用自然浮現的笑容接待他就可以了吧？不，不行。

「下次可以請您主動跟我報告嗎？」

「唔……」

自己被這名不知道在想什麼的鐵盔男搞得暈頭轉向。

不念他幾句實在不甘心。

「聽說您解剖了哥布林？」

「對。」

「會讓其他人和冒險者誤會的行為，請您以後不要再做了喔？」

她笑咪咪地說，他「唔」了一聲。

——感到困擾了嗎？

這讓她有點愉快，接著講出下一句話。雖然一部份是基於好奇。

「話說回來，請問您為什麼要做這種事？」

「為了調查。」

「調查什麼？」

「哥布林。」

櫃檯小姐不知道他如此執著於哥布林的原因。

左一句哥布林，右一句哥布林。

他用羽毛筆的筆桿輕輕揉著太陽穴。

「請您自制一點……至少不要做會招人誤會的事。」

雖然我想您自己也明白。櫃檯小姐說道，微微揚起嘴角。

§

她被聲音吵醒的時候，天色未明，還是暗藍色。

「嗯……唔唔……」

她窸窸窣窣在床上扭動身軀，一顆頭從毯子裡探出來，望向窗外。

離天亮還有一段時間，位在深夜與早晨間的時段。連雞都還沒醒。

可是，她確實聽見了。細微的……大剌剌的腳步聲。

「……他、回來了？」

牧牛妹一面留意不要弄出聲音吵醒舅舅，從床上鑽出來。

空氣中殘留著濃厚的夜晚氣息，毫不留情包覆住肌膚，害她抖了一下。

她穿上尺寸不合的內衣褲及襯衫，點燃還沒燒完的蠟燭。

悄悄走出房外，戰戰兢兢走在鴉雀無聲的家中。

如果不是他回來就可怕了，因此她在途中撿起木柴，用一隻手握住。

「呃……」

然後走到他房間。門關得緊緊的，她吞了口口水。

牧牛妹輕輕敲門，推開一條縫隙，從門縫窺探室內。

「你回來了……？」

沒有回應——不對，沒有人的氣息。

床還是一樣沒有被動過的跡象。毯子是摺好的，房內也幾乎沒放東西。

牧牛妹悄聲無息地走進去，積在地板上的薄薄一層灰塵隨之揚起。

「……不在？」

不過，細微的聲音再度傳來。

搞不好是她的錯覺，或是希望，但她確實聽見了。

在家中——不，不是。

「外面……嗎？」

——對喔，之前好像是說把倉庫借給他用……？

很久沒有使用過的老舊倉庫。難道他在那邊？

牧牛妹整理好襯衫衣領，緩緩推開大門。

一開門，黎明的風就從外面吹進來，如刀刃般劃過肌膚。

現在明明是春天，冬天的寒意似乎還沒散去，這陣風非常冷。

蠟燭快被吹熄了，牧牛妹急忙用手護住，吁出一口氣。

——穿這樣子出門會不會很沒羞恥心？

這個念頭掠過腦海，可是又沒人在看。

她踩到草地上，任夜露、朝露沾溼沒穿鞋子的腳，邁步而出。

倉庫的黑影浮現於群青色的天空中。

屋頂跟牆壁都有破洞，再加上牧草隨風搖晃的沙沙聲，如同一棟廢屋。

——對喔，我幾乎沒有進過這裡……

五年前來到牧場的時候，這裡好像就是這個樣子。

記得她第一天在牧場裡面探險，也有進過倉庫。

「……嗚。」

其實是錯覺吧？牧牛妹後退一步。

沒有人在。不可能有人。誰會一個人跑到這種小鬼會潛入的地方。

小鬼──哥布林。

想到尚未親眼目睹的怪物，牧牛妹搖搖頭，頭髮跟著晃動。

她輕輕推開吱嘎作響的門。

「欸……你在嗎……？」

然後輕聲呼喚，昏暗的室內卻沒有傳來回應。

她眨眨眼睛，讓眼睛習慣黑暗，用蠟燭照亮倉庫。

「……!?」

倒抽一口氣。

如她所料，在黑暗的角落看見他的身影。

是亡者還是亡靈？蠟燭照亮的，是破破爛爛的甲冑。

角斷掉的鐵盔、骯髒的皮甲、手上綁著圓盾、腰間配劍的男人。

他像縮在那裡般，把身體擠進廢屋的角落。心臟劇烈跳動。

鐵鏽味和些微的臭味竄入鼻腔。在牧場工作時聞慣的氣味，血和內臟的味道。

牧牛妹表情瞬間僵住。她反射性蹲下來，湊到他旁邊。

「欸、欸，沒事吧!?你受傷了嗎!?」

「……」

沒有回答。

鐵盔僵硬地轉過來面向她。有種隔著面罩看見那雙紅眼的感覺。

「不。」他低聲回答，慢慢站起來。「不是。」

牧牛妹被他嚇到，一屁股跌坐在地上。

她變得得抬頭仰望他，急忙拉下襯衫遮住身體。來不及了。臉頰好燙。

「呃，啊，那個……」

「只是在休息。」

聲音有點沙啞，是因為剛睡醒嗎？牧牛妹心不在焉地想。

他從放在角落的水壺裡，將不曉得什麼時候裝的水灌進口中。

牧牛妹揪著襯衫，緩緩起身。

「休息……」

──在這裡？

勉強能遮風擋雨的破屋。連床都沒有，坐在地上……

──休息？

「睜著一隻眼也睡得著。」

這稱不上回答。至少不是牧牛妹想聽見的回答。

他在目瞪口呆的牧牛妹面前，俐落地將裝備重新固定好。

「你說夠了。」

「休息夠了…………」

牧牛妹迅速掃過他的裝備。

劍、盾、鎧甲、頭盔。她當然不怎麼瞭解。

可是，怎麼看都是冒險回來後的模樣。

想要說話的喉嚨顫抖著。牧牛妹的手在豐滿的胸部前緊緊握拳。

「你、你要去哪裡……？」

「哥布林。」

他只扔了這麼一句話。

唯有調整武器的喀嚓聲，在昏暗的倉庫中迴盪。

牧牛妹發現手中的蠟燭熄了，但她不打算重新點燃。

——是嗎。

她以為他回來後，就會有什麼東西自動開始產生變化。

結果自己還是停留在五年前，所以他一定也——

——停留在那一天。一切都是。

那麼自己該怎麼做才好？牧牛妹雙手用力握拳。

他已經整頓好裝備。繫好帶子，帶上武器，背起行囊。

「啊……」

他一語不發，從想要說些什麼的她旁邊經過。

牧牛妹急忙回頭，他已經走出吱嘎作響的門外。

逐漸遠去的背影。他又要獨自前往其他地方。

這令她心痛到了極點，五官都皺在一起。

「我等你回來！」

記憶如同閃光般重現。

幼稚的爭執。

淚水從眼眶泛出，他也被自己弄哭了。

早上。在雙親的目送下乘上馬車。坐在後面回頭望去。他不在。

回去後想對他說的話。沒能回去的地方。

自己回不去了。沒有回去。回不來了。

不是的。她受夠了。

「我會等你，所以，這次——」

——希望你一定要回來。

這句話有沒有傳達給他，牧牛妹並不知道。

覺得他回頭看了自己一眼，八成也是錯覺。

因為不曉得是朝陽的關係還是其他因素，視線十分模糊，無法判斷。

# 間章

## 「很遺憾，她的冒險到此結束」

沒有聲音，也沒有氣息。彷彿只有一陣風吹過。

不久前，半森人獵兵才在抱怨「溼答答的」、「好臭喔」。

他告訴她「幹掉食人黏泥就能回去了」，她微笑著回答「我會努力」。

接著，她突然消失不見。當著他的面。跑去哪裡了？

咚一聲掉到地上的，是她的鞋子。上面？上面，有什麼東西——？

是她。

黑暗中，只看得見她的下半身。

鞋子掉了，衣服掀起來，露出內褲，她卻只顧著拚命掙扎。

每當喀滋、啪滋的咀嚼聲響起，在空中踢來踢去的腳就會跟著抽搐，最後再也不動。

死掉了？死掉了——……死掉了？

上方傳來的聲音仍在持續。喀唧——她的弓掉在面前。

逐漸被吞噬。逐漸被咬碎。她的腿慢慢消失在上空。

旁邊的礦人戰士吆喝著扛起戰斧。

知識神的僧侶叫著怪物的名字。

滴滴答答，不知道是血還是什麼東西的液體從她身上湧出，滴了下來。

液體噴到臉頰上。黏黏的。

聽見咬東西的喀滋喀滋聲。

是大顎。

塞滿視線範圍、把頭伸下來的巨大甲蟲的大顎。

鮮血從類似蜈蚣的軀體前端的大顎滴下來。是她的血……

「唔——」

喉嚨顫抖，舌頭打結，聲音僵硬。

「唔啊啊啊啊啊啊啊！」

吶喊、奔跑、揮劍、跳躍——他的記憶停留在這部分。

自己是如何生存下來的，他並不記得。

之後等他回過神時，已經爬到了夕陽下。

每位同伴——不對，兩位同伴身上沾滿泥巴。

知識神的僧侶拚命把手貼在礦人肩上。

她在哪？他用微弱的聲音問，沒有人回答。得去救她才行，沒有人回答。

他抓住僧侶，結果被揍飛了。沒想到那個人力氣這麼大。

——食岩怪蟲（Rock Eater）。

由於金礦挖得太深，這傢伙被從棲地趕出來，食人黏泥為了逃走，也跟著湧出地表。

很久以後，他才知道這回事。

# 第5章 『經驗與成長』

Advance to the next level

「你該不會一開始就覺得自己很完美吧。」

黯淡無光，充滿足以致死的寒氣的冰洞深處，那名醜陋的圃人(Rare)這麼說。

「不，不是完美吶。你以為可以憑一開始就有的東西辦到任何事。」

老翁甩著閃爍寒光的短劍，身穿用真正的銀製成的衣服，滑稽地展開雙臂。

「討厭失敗！一次都不想輸！才不需要特訓咧！」

嘲笑他的聲音在洞窟中迴盪，越傳越遠。

這聲音聽了讓人耳朵發疼。洞頂的冰柱在震動，斷成兩半往地面墜落。

老翁輕易閃過刺在腳邊的冰柱，將它拾起。

「難道這裡面裝著其他人都想不到的好主意嗎？啊？」

舉起，揮下。沉悶的聲音響起，他的額頭流血了。

濺到地上的血因為溫度太低，冒出白煙。

「瞧不起世上的其他人也該有個限度。地痞流氓都比你小子聰明得多。」

老翁興致缺缺地扔掉冰柱，用粗俗的姿勢蹲下來。

「聽好，我來告訴你不是這麼回事。」

倒在地上的他無法回答。甚至沒辦法起身。

因為他的雙手被緊緊綁住，寒氣害肌膚黏在地上。

老翁卻毫不在乎，抓住他的頭把他從地上拉起來。

「給我做好覺悟。沒意見吧。」

「是。」他終於有辦法發出聲音。「老師。」

「很好！」

老翁咧嘴一笑，拖著他走向前。

前方是地底的水脈——河川——不對，應當稱之為冰河。

從雪山掉下來的冰，變成勉強算是液體的狀態，流到這裡。

老翁默默將他踢下去。

「————!?」

他發出不成聲的哀號，身體的每一寸都傳來針刺般的劇痛。

肺部被寒意壓垮，心臟彷彿被緊緊掐住。

使勁全力掙扎，還是一直往下沉，老翁一腳踩住他的頭。

「沉下去！然後用力跳！」

圃人老翁不停揮動閃爍寒光的短劍，尖聲大叫。

「這樣就能浮起來！給我一直跳！否則會沒命喔！」

他拚命吐氣，深深沉入河底。腳尖踩到冰了，用力一蹬。

——老翁說得沒錯。

§

於是，他以失敗為糧，逐漸變化。

圓盾也換成小盾，卸除把手，用金屬環裹住邊緣。

捨棄長劍，現在改拿大量鍛造的要長不長、要短不短的劍。

裝了一堆雜七雜八物品的背袋，不知何時也換成掛在腰帶上的雜物袋。

嶄新的皮甲如今沾滿泥巴及血液，抹得到處都是，髒兮兮的。

本來看起來就很廉價的鐵盔斷了一根角，到達寒酸的境界。

已經沒人會邀他一起冒險。

哥布林，哥布林，哥布林，哥布林，哥布林，哥布林。

冒險者們遠遠看著只會講這句話的男人，交頭接耳。

偶爾開場小賭局，打賭鐵盔底下的真面目為何，看到他的新人則會瞪大眼睛。

© Shingo Adachi

再也沒有人想跟他接觸。他自己也不會主動和別人交流。

然而，只要活在人世，不管自己是否願意，多少都會締結一些緣分。

§

「你該不會對那孩子做了什麼吧？」

牧場主人開口就是這句話。

天剛亮的牧場，陽光還帶著一點淡紫色的時候。

早晨寒冷的空氣中，牧場主人堵在倉庫前面，拿草叉（Fork）指著他。

從倉庫走出來的他，反手關上了門。大概是正準備去冒險者公會。

然後僵硬地對牧場主人說：

「請問，『做了什麼』是指。」

「少跟我裝傻，你自己最清楚。」

在那之後過了數日。

忙於工作的牧場主人，也是會關心家人的。

他看得出來，早上到倉庫跟他見過面後，姪女就常常陷入沉思。

妹妹的遺孤，跟獨生女一樣無可取代的最後的家人。

當然，她遲早會喜歡上某人，也會結婚吧。也會離開這個家吧。

——即使如此。

「假如你真的對她做了什麼，做好覺悟了吧。」

牧場主人低聲威嚇，狠狠瞪著他。

這個男人如字面上的意義戴著一張鐵面具，搞不懂在想什麼。

要是他企圖碰姪女一根寒毛，牧場主人打算用草叉敲下去。

他認為身為義父——身為監護人，這點權力總是有的。

「不。」他搖搖頭。「沒做什麼。」

聲音低沉平穩，乾脆得令人錯愕。

若這句話是出自騙子口中，那傢伙肯定是不得了的惡徒。

牧場主人瞪著鐵盔，不久後，困惑地移開視線。

「是嗎。」

「是的。」

雞鳴自遠方傳來，太陽大概也快整個冒出來了。一天即將開始。

牧場主人彷彿被陽光刺到般，瞇起眼睛，吐出一大口氣。

「……你沒打算找份正當的工作？」

言外之意是，我不會把姪女交給冒險者這種遊民。

然而他更關心的是，那個村莊的倖存者能好好過生活的話，沒有比這更令人欣慰的事了。

至少——沒錯，至少。牧場主人自己意識到了，眨眨眼睛。

只用草叉教訓他就能原諒，代表自己至少認同這名青年認真的部分。

「不。」

他卻果斷回絕。

「因為有哥布林。」

「……」

然後扔出這句話。

才過沒幾天，他就快要後悔自己做的決定。

難怪過了五年才稍微振作起來的姪女那麼沮喪。

「那就快點出門。得工作才行。」

——這男人已經脫離**常軌**。

再加上看起來像在泥中爬過的異樣外觀，一目了然。

牧場主人辛酸地拿著草叉，轉身離去，背後傳來他「是」的應答聲。

「……那孩子呢？」

哦？接著提出的疑問令牧場主人停下腳步，挑起一邊的眉毛。

還以為他對姪女一點興趣都沒有。

回過頭，他站在原地看著這邊，有點無所適從的樣子。

「出門了。今天好像會晚回來。」

聽見牧場主人的回答，他咕噥了句「是嗎」，慢步走向街道。

腳步顯得有點不穩，看在牧場主人眼裡，有如一個被拋下的孩子。

§

「啊……！」

癱在公會櫃檯的櫃檯小姐迅速抬起頭時，早上的喧囂早已平息。

公會大門敞開，大剌剌的腳步聲直接接近櫃檯。

「哥布林。」

在公會櫃檯前響起的這句話，已經不會引來任何注目。

穿著骯髒裝備的冒險者一出現，每個人都會移開目光。

不能怪他們。

誰都看得出**他**不正常。

即使世界處在宿命及命運任一方的支配下，冒險者依然有相信吉凶的傾向。

不跟奇怪的人扯上關係，也是一種自衛方式。

「好的，剿滅哥布林的委託對吧！」

但這與櫃檯小姐無關。

她臉上綻放出燦爛的笑容，從抽屜拿出事先準備好的文件。

當然是剿滅哥布林的委託書。

——雖然這樣有點像在把工作塞給他，我不太喜歡……

她也會覺得內疚，可是，這種事非得有人幫忙處理才行。

中間等級的冒險者自不用說，連新手都不接的話，誰來幫助委託人？

——其他人的工作當然也是必要的。

所以最後就剩下這些。

冒險者衝過去搶走早上貼出來的委託後，剩下來的。

這樣的話，就能在不給任何人造成困擾——困擾？——的前提下，幫他介紹剿滅哥布林的委託。

「呃，今天有五件。其他人剛好因為礦山的騷動出去了……」

一張，又一張。櫃檯小姐翻著文件，用心跟他說明。

剛開始，她經常被搞得手忙腳亂，不過現在已經不會發生這種情況——少了很多。

她覺得，這也是託他的福。

當然，她從來沒有覺得這是在練習，也沒有把他當成練習對象的意思……

「……？」

櫃檯小姐突然感到疑惑。他沒有應聲，也沒有提問。

眼前是最近看得很習慣的廉價鐵盔。

也許是因為其中一根角斷掉的關係，頭有點歪向旁邊，是個小缺點。

不曉得是不是錯覺，那頂鐵盔好像在左右搖晃……？

「那個……您身體不舒服嗎？」

「……」經過片刻的沉默，他僵硬地搖頭回答「不」。

「沒問題。」

嗯——櫃檯小姐忍不住在內心沉吟。

因為她不知道那句「沒問題」是在指什麼。

——如果至少能看見他的臉就好了。

仔細一想，只有第一次幫他登記時看過他的長相。

早知道就看得更仔細一點，然而事到如今，後悔也來不及。

「……」

櫃檯小姐清了下喉嚨。

「那個呀。」

她跟平常一樣掛起笑容，用指尖敲敲櫃檯。

緊盯著根本看不出表情的鐵盔，胸口燃起一把無名火。

「您覺得可以把工作交給身體不適、站都站不穩的人嗎？」

「沒問題。」

聽見同樣的回應，櫃檯小姐輕輕用手拍了下桌子。

感覺得到坐在隔壁的同事在看她，但她毫不在乎。

一旦把話講出來，就停不了了。

「您、覺、得、可、以、嗎？」

她笑咪咪地探出身子，把臉湊過去。

他似乎在鐵盔底下咕噥了什麼，不過最後聽見的話語是「不」。

「為了讓自己能順利完成委託，請好好休息！」

否則我就不介紹委託給您了。聽她這麼說，他好像微微點了下頭。

「很好。」

——哼哼。

櫃檯小姐有點得意，挺直背脊，語氣和緩了一些。

——就饒了他吧。

「那今天……破例給您這個。」

櫃檯小姐拿出常備在櫃檯內側的公會商品。

裝在小瓶子裡的，是顏色偏淡的藥劑。活力藥水(Stamina Potion)。

當然不能免費送給冒險者。這可是公會重要的收入來源。

但還是有辦法的，櫃檯小姐打算之後拿自己的薪水支付。

「不能告訴別人喔？」

她閉起一隻眼睛說，他在鐵盔底下「唔」了一聲。

「……抱歉。」

「這種時候說『謝謝』，分數會比較高。」

隔了幾秒，他咕噥著向她道謝，櫃檯小姐輕笑出聲。

「那麼，目前有五件委託。只不過其他冒險者都不在……」

「不在？」他用非常低沉的聲音問。

櫃檯小姐「哦？」感到些許疑惑，點頭回答「是的」。

——有點……難得耶？

若不是錯覺，他的聲音聽起來……相當焦躁。

「嗯。礦山那邊……發生有點重大的事件。啊，還是您要接那邊的工作？」

「不。」他搖頭。然後拿起一張委託書。「剿滅哥布林。」

「那是——」

櫃檯小姐重新審視那張文件。

這個委託來自邊境的開拓村。有哥布林出現。請幫忙處理。常見的內容。

——可是，數量是不是……有點多？

哥布林的目擊數量。這讓人有點在意。

「……那個，沒問題嗎？」

櫃檯小姐簡短地詢問。問他的身體沒問題嗎。問他單獨行動沒問題嗎。

他再也沒回來的不祥畫面，突然閃過腦海。

胸口不知為何非常痛，她下意識探出身子。

「再、再等一下，其他冒險者就會回——」

「哥布林，」他斬釘截鐵地說。「由我一個人解決。」

§

「又是你啊。」

工房老闆停下用旋轉式砥石磨刀的手，板起臉來。

所謂磨礪就是這麼回事。把劍貼在高速旋轉的砥石上，火花四散。

磨得越利，劍身就會被磨掉更多部分。遲早會迎接極限。

若非魔劍聖劍、魔法武具，該來的總是會來。

連森人(Elf)都無法從時間的洪流中逃離。

——就算這樣。

老闆拿起面前這名詭異男子帶過來的劍，定睛一看。

放在檯子上的那把劍，狀態非常慘烈。

不是因為劍身被削成不長不短的長度，是更基本的問題。

劍刃缺損，血脂沾在上面。淪為鋸齒狀的劍又黏又髒，搞得跟用來切肉的菜刀一樣。

不僅如此，劍鍔還歪掉了，似乎用來敲過什麼東西，柄頭碎了一半。

「嘖。不珍惜裝備的傢伙會早死喔。」

「我沒有不珍惜的意思。」

他低聲說道，老闆無奈地碎碎念了句「誰知道呢」。

俗話說，劍士「一把劍砍不了五個人」。

自以為是的門外漢對此表示「沒這回事。那只不過是謠言」。

正確的當然是前者，錯的是後者。

原來如此，若是劍術高手，只要從正確的角度砍下去，劍刃確實不會缺損，也不會沾到血脂。

然而，揮劍的時候當然是在戰場上。

有鎧甲，有皮。有砍中骨頭的時候，也會有埋頭猛揮的時候吧。

與對手的武器碰撞在一起，劍刃就會缺損。砍斷血管，血脂就會黏到劍刃上。

情急之下把劍當成當戰鎚揮動，劍鍔跟劍柄會受損也很正常。

一把劍砍不了五個人。

——話雖如此，這傢伙未免太有問題。

老闆用手指抹過劍刃，搖搖頭表示無計可施。

「重新研磨也沒用。這把劍我幫你處理，去買把新的。」

「知道了。」

老闆把劍扔進裝廢鐵的籃子，告訴他要補多少錢。

他便從雜物袋裡拿出錢包，毫不猶豫將一枚硬幣放到桌上。

錢包看起來挺重的。

「……賺了不少嘛。你都在做什麼？」

「剿滅哥布林。」

「什麼？」老闆挑起一邊的眉毛。「裝備的錢從團隊共有的財產裡面出……之類的？」

「就我一個。」

老闆深深嘆了口氣。

也就是說，這個男人必須用一把劍砍五人以上。

這樣的話，大可用更好的裝備……

「我要的東西好了嗎。」

「嗯。」

——……不，這話用不著我說。

老闆將新劍連著劍鞘一起交給他，看著他將劍佩到腰間，搖搖頭。

然後把手伸進櫃檯內側，拿出以油紙包好的包裹，用粗壯的手指拆開包裝。

鏘啷一聲放到檯子上的，是件用細小鍊子做成的衣服。

不過上面還細心地抹了油。跟板金鎧發出的聲音比起來判若雲泥。

只要穿在皮甲下面，就能在不影響隱密性的同時提升一定的防禦力。

不過鍊子的孔隙有點大，突劍、細劍肯定穿得過去。

若是用真正的銀鍛造而成的鎖子甲也就算了，這東西只是鐵鍊編的。

然而，有跟沒有還是相差甚遠。是生是死取決於此。

「不是多好的東西喔。」

但確實滿足了他的需求才對，老闆瞪著鐵盔底下。

他一如往常，用不帶起伏的聲音低喃：

「嗯。」他說。「沒問題。」

「問題？」

「被小鬼拿去用也無妨。」

——這種等級的裝備，被哥布林搶走也無妨嗎。

冒險者中應該也有用突劍和刺劍的人。區區一隻穿鎖子甲的小鬼，不成威脅。

老闆不可能沒發現，他是以這種標準在挑選裝備。

也不可能沒發現，冒險者的裝備被哥布林奪走，是在什麼樣的狀況下。

§

「糧食。」

「好的～請問要幾天份？」

「一星期。」

「收到！」

他無視精力十足地跑來跑去的獸人(Padfoot)女服務生，觀察周圍。

冒險者公會的酒館。到目前為止，除了購買糧食外，他從未踏進過。

連有獸人在這邊工作，都是剛剛才發現。

白天的酒場卻瀰漫連他都感覺得出的倦怠氣氛。

冒險者七零八落地坐在桌前，是放假，還是提早回來了？

他們大口喝酒、大口吃下酒菜的模樣，毫無霸氣。

其中有一個人。

「……混帳東西……為什麼，啊啊，可惡……！」

他對趴在桌上碎碎念的那名冒險者有印象。

跟自己同一天登記，之後在剿滅哥布林時巧遇的那名冒險者。

團隊不在附近，那人好像也喝得相當醉。

店裡的冒險者也不想跟他扯上關係，看都不看那邊一眼。

他想了一下，結果什麼都沒說，默默等待糧食送來。

人總有想獨處的時候，這點小事他也明白。

明白歸明白——

「嗨，怎樣？之後要去冒險嗎？」

卻有人一屁股坐到他對面。

抬頭一看，是一位身材纖細高䠷的美男子。身穿皮甲，扛著長槍。

臉上帶著的笑容與其說親切，更適合用得意形容。

「這次要幹麼？大蜈蚣（Giant Centipede）？還是食屍者（Ghoul）？」

探索遺跡也不錯。他看了越說越起勁的長槍手一眼。

「哥布林。」

「啥？哥布林!?」

跟他冷靜的語調比起來，長槍手的驚呼聲明顯有點刻意。

他睜大眼睛聳聳肩，一臉「讓我來教教你」的表情開口說道：

「我之前可是除掉了礦山的黏液怪（Blob）耶。」

「是嗎。」

「對啊！很厲害吧！」

就算他這麼說，他也完全不懂他想表達的意思。

他想了一下，判斷肯定不是在講哥布林。

「很厲害嗎。」

「很厲害！」

「是嗎。」

他點了下頭。

「真厲害。」

「你說什麼!?」

長槍手聞言，臉垮了下來，探出身子，彷彿要一把抓住他的領口。

他再度沉思片刻，一語不發，慢慢歪過鐵盔。

「不厲害嗎？」

「啊——夠了——！可惡，這傢伙是怎樣！」

是個開朗的男人。也是個很吵的男人。

長槍手不耐煩地大叫，無奈坐回椅子上。

椅背被他用力一靠，發出吱吱嘎嘎的聲音。

長槍手不悅地噘著嘴，將自豪的長槍拉到手邊，轉著槍柄玩。

他突然瞇起眼睛，指著他的雜物袋。

「喂，那是什麼？」

經他這麼一說，看得見他的雜物袋裡露出一只小瓶子。

大概是沒收好吧。太粗心了。他低聲咂舌。

「是活力藥水（Stamina Potion）。」

他拿出瓶子，整理好雜物袋裡的東西後把它塞回去。

這樣就不會掉了。

「櫃檯給的。」

「什麼!?」

長槍手立刻用力探出身子。聲音宏亮，在鐵盔裡迴盪得很厲害。

「可惡，果然我也該去跟櫃檯小姐邀功嗎……剿滅黏液怪！」

「黏液怪。」

「嗯，活生生的黏液。根本無法分辨要攻擊哪裡才好，於是我就用長槍……」

「好，了……適可，而止……喔。」

一名美女晃著肉感腰部，站到椅子後面，打斷長槍手炫耀功績。

是穿著身體曲線表露無遺的衣服、戴帽子的魔女。

「對了，妳也說幾句嘛。妳不也被黏液怪纏上，差點——痛!?」

她直接拿手杖往長槍手頭上敲下去，看見他痛得呻吟，嘆了口氣。

「對不起，喔。」

「不。」

魔女對他送了個秋波，他搖搖頭。

「沒問題。」

「之後……我會用黏絲(Spider Web)，或其他法術，讓他……安靜點。」

「是嗎。」他點頭回道，彷彿突然想起似的，望向同期那名冒險者。

「他怎麼了？」

「噢……」

魔女垂下細長的睫毛，用性感的動作舔了下嬌豔的雙唇。

「一個人，被吃掉。一個人去送，那孩子的，遺物。另一個人，的手……嗯。」

於是他就不當冒險者了。魔女興味索然地輕聲說道，憑空拿出煙管。

然後像在用優美的手勢彈指般，敲了下打火石，點燃。

魔女慵懶地吐氣，香甜的煙便飄散開來。

「只剩一人。常有，的事……對吧？」

「……是嗎。」

「就是，這樣……那，再見。」

魔女輕輕揮手，抓住長槍手的脖子。

長槍手嘴上雖然在抱怨，還是乖乖被她拖走。

是她的力氣比一般的後衛職業大呢，還是長槍手在配合她？

他想了一下，判斷這件事無關緊要，掃到腦海之外。

「讓您久等囉——！」

獸人女服務生正好從廚房跑回來。

她將懷裡的七份乾糧放到桌上。

確認數量無誤後，他將乾糧塞進雜物袋，從錢包拿出幾枚銀幣，放到桌上。

「好的，謝謝惠顧！」

他稍微調整被乾糧塞得鼓起來的雜物袋，踩著大剌剌的腳步離開。

準備開門離去時，他回過頭，那個同期的冒險者呆呆地抬頭看著他。

他看了對方一會兒，推開門來到室外。

門晃來晃去的吱嘎聲從背後傳來，聽起來莫名漫長。

§

沙沙，窸窸窣窣。夏風拂過雜草，發出海浪般的聲音。

什麼都沒有，只有街道通過，隨處可見的曠野一角。

牧牛妹壓住被風吹亂的頭髮，輕輕瞇起眼睛。

因為她看見了躺在綠色海洋上、燒成漆黑色的木材。

「噢，小妹妹，妳說的地方到啦。」

將長槍夾在腋下的冒險者，坐在借來的馬車的駕駛座對她說。

「嗯……謝謝。」

她從貨架上跟人家低頭致謝，坐在長槍手隔壁的魔法師微微揚起嘴角。

牧牛妹覺得她跟自己年紀應該不會差太多，給人的感覺卻非常有女人味。

「那，我們就，在這邊……等妳。」

「好的。」

她又道了一次謝，跳下馬車。

落地時腳被草叢絆到，害她踉蹌了一下，但她很快就重新站好。

「沒問題嗎？」長槍手貼心地問，她簡短回答「沒問題」。

——這應該是她熟悉的風景才對。

坐在於街道上行駛的馬車中看見的，逐漸遠去的村莊。

明明是從同樣的地方、同樣的方向看過去。

——什麼都沒有。

牧牛妹在隨風搖曳的草叢中，慢慢向前走。

總是在這邊玩的道路。直到五年前，每天都會經過的道路。

至今仍然可以鮮明回想起那些景色，不知為何卻跟眼前的風景對不上。

這讓她有點頭暈目眩，路走得搖搖晃晃。

「……呃。」

她撥開草叢，不斷朝目的地前進。

雖然幾乎無法分辨，只要仔細注視，就會發現只有那邊的草比較少。

代表那個地方曾經是道路。

最後，她抵達的是同樣沒有任何東西的草原。

只看得見埋在雜草中、整根被燒成焦炭的柱子。

牧牛妹輕輕踏進那四角形的草叢。

腳底傳來喀啦聲，是碎掉的石頭地殘骸嗎？

——不曉得現在變得怎麼樣了。

父親也是，母親也是。

最喜歡的衣服。寶貝的娃娃。一直在上面睡覺的床鋪。自己專用的餐具。

那裡已經一無所有。

牧牛妹心不在焉地站在草叢中央，環顧四周——沒有任何遮蔽物。

再也沒有人記得這裡曾經有座村莊。

自己跟舅舅，還有**他**。

全都變成過去的事。

五年就這樣了。十年、二十年後——肯定會消失得一乾二淨。

——反正，大家也只會在當下那一瞬間才這麼感慨。

牧牛妹微微皺眉，像要掩飾這份心情似的，仰躺在地上。

雜草搔過背上和脖子，有點癢。

聽見遠方傳來長槍手的驚呼聲，以及魔女制止他的聲音。

頭上的天空藍得莫名其妙，雲朵的白烙印在眼中。

「……是啊。」

不能一直把這件事放在心上。

飯也得好好吃。必須工作。她想照常歡笑，照常享受生活。

這是很普通的事——沒人有資格生氣，沒人有資格鄙視。

何況，類似的事件全世界到處都是。

她眨了好幾下被陽光刺得泛淚的眼睛，用手臂遮住。

放棄一切，「哇——！」大叫一聲，會有多輕鬆、多爽快呢。

——雖然我絕對做不到。

擋住陽光，讓人想到坐在倉庫角落的他。

——做不到吧，那種事。

那麼，她做得到什麼？

能為他做些什麼？

能做什麼？

「……好。」

牧牛妹用力踢了下腿站起來。

她拍拍屁股，把草和土拍掉，順便拍了下臉頰。

鼓起幹勁，轉換心情，總之，試試看吧。

她快步走向馬車，魔女發現她回來了，用手扶住帽簷。

「好了……嗎？」

「是的！」

牧牛妹精力十足地點頭，跳上馬車。

發出細微吱嘎聲的馬車上，牧牛妹向兩位冒險者深深一鞠躬。

「不好意思，特地麻煩你們……」

「不會啦，這就是我們的工作。」

拿長槍的冒險者爽朗地笑了。

「拿了報酬就要好好幹活。別客氣。」

「工作……」

他的那個也是工作嗎？若是如此……

——得先整理整理。

牧牛妹握緊拳頭，魔女彷彿看見什麼溫馨的畫面，輕笑出聲。

「妳……剪短頭髮，應該，比較好看。」

「咦？」

她突然對牧牛妹這麼說。

牧牛妹反射性睜大眼睛，魔女雪白的手指，輕輕撫過牧牛妹的瀏海。

「剪短頭髮。眼睛也，露出來。這樣，比較可愛……唷？」

——是嗎？

牧牛妹用手指捏住瀏海，半信半疑。

隨著長槍手吆喝一聲，馬車喀噠喀噠地開走了。

§

——是不是該坐馬車來。

他難得思考起這種問題，停下腳步。

太陽已經通過天頂，開始西斜。

儘管投射在街道上的陽光還很充足，四周馬上就會被黑暗籠罩。

考慮到今晚要在外露宿，差不多該著手準備了。

「……」

——太晚出門了。

一大早就出門的話，現在肯定已經抵達村莊。

通常路旁應該會有旅店之類的設施，前提是前方要有繁榮的城鎮。

通往邊境荒村的街道，不可能有這種東西。

只要連夜趕路，應該是能抵達村莊，不過考慮到之後要跟小鬼戰鬥……

想這麼多也沒意義。

停下腳步，太陽還是會繼續沉下，所以動手做就對了。

他觀察街道兩側的草叢，找到目標物，窸窸窣窣走進草叢裡。

是曾經存在於此的城鎮殘骸。

這附近也是神代的古戰場嗎？還是遭到襲擊的村落？

腐朽的房屋殘骸被草木掩埋住，沉睡於草叢中。

他在其中找出形狀相對完整的石壁，使勁踹下去。

好幾道牆壁當場碎掉，他找了一會兒，發現沒碎的牆壁。

——這裡不錯。

敲了幾次，沒有崩塌的跡象，他便在草地上鋪好防水布。

沒必要讓夜露弄溼身體，妨礙體力恢復。那樣是種浪費。

接著拔出腰間的劍，代替柴刀砍掉雜草，清出燒營火的空間。

自己點的火燒到雜草，結果被煙嗆死，未免太過愚蠢。

然後是找木柴。這並不困難。

只要收集乾燥的枝葉即可，就算只有潮溼的樹幹，邊生火邊烘乾就行。

收集垮掉的房子的石材，做出擋風擋火的爐灶，把柴扔進裡面。

只要點燃增強火勢用的枯草丟進去，就大功告成。

「……」

然而，他並沒有立刻點火。

天空很藍，遠方沒有烏雲。空氣也偏乾燥，八成不會下雨。

他心想「那麼不用準備屋頂也行」，靠著牆壁坐下。

周圍安靜得彷彿一切生物都滅絕了。

天上的雲靜靜流動，每當風吹過，樹葉都會發出沙沙沙的摩擦聲。

他從雜物袋中取出水袋，拔起栓子喝了一、兩口。

只是坐在地上卻莫名無力，眼皮重到不行。

但不能就這樣睡著。

晚上不燒營火的話，會被野獸咬醒。

他將水袋放在旁邊，自雜物袋中拿出一片肉乾，從鐵盔的縫隙間扔進去。

每咬一口，鹽味就會在口中擴散開來。

本來只是想藉由嚼東西驅散睡意，味道卻比想像中好。

「……」

他不經意地望向糧食的包裝，上面印著熟悉的圖案。是來自牧場的。

他默默咀嚼肉乾，不時配幾口水，坐在陰影處沒有移動。

即使待在陰影處，夏天的熱氣還是充滿鐵盔內側，害他的腦袋又重又痛。太熱了。

被哥布林偷襲的可能性，一把抹消拿下鐵盔這個選擇。

他慢慢等待太陽下山。

不久後，紅色夕陽朝遠方的曠野落下，雙月及繁星升上天空。

彷彿在熊熊燃燒的紅月、讓人感到寒冷的綠月。他緊盯著它們。

英雄的圖是用線將繁星連接在一起創造出來的——這好像是姊姊告訴他的。

——是時候了。

他敲擊打火石，爆出火花，在爐灶內點火。

火劈劈啪啪地點燃，一縷白煙直直竄向天空。

「……」

這樣應該能趕走野獸。可是哥布林呢？會來嗎？說不定會。

那東西不怕火。搞不好他們根本沒發現大部分的生物都怕火。

實際上，他們就是來了。不可以忘記那件事。

不曉得是誰的聲音，在他的腦中縈繞不去。

喉嚨好乾。他輕輕舔了下嘴脣，可惜沒用。反正明天就會抵達村落。

他拿起水袋，大口灌水，水都從頭盔旁邊流出來了。

裡面裝的是摻水的葡萄酒。雖然味道和酒精對他來說並不重要。
他在頭盔裡閉上一隻眼，用另一隻眼睛望向黑暗。
這是為了避免眼睛習慣營火的火光，導致在黑暗中看不清楚。
他右手握緊腰間的劍，把膝蓋抱向身體，維持隨時都能站起來的姿勢。
盯著黑暗之中，覺得自己隱約看見在火光照耀下晃動的影子。
「……！」
迅速拔劍。劃過虛空。吁出一口氣，將劍收回劍鞘。然後再度拔出。
刺穿、擊碎小鬼的頭、喉嚨。刺穿，擊碎。殺掉。確實地。
他一直待在那裡等待哥布林，直到天亮。
哥布林沒有出現。

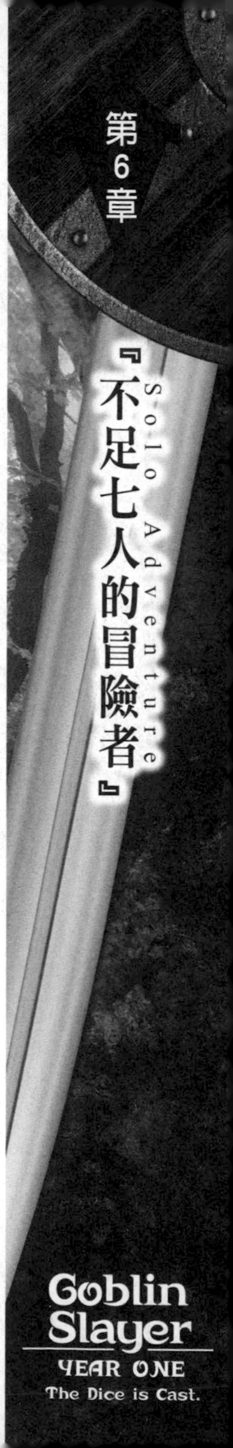


# 第6章 『不足七人的冒險者(Solo Adventure)』

老師叫她那一天千萬不要出門，她的好奇心卻勝過老師的叮嚀。

神殿外牆有個有點碎掉的部分，是測試能不能從那個縫隙跑到外面的好機會。

「嘿咻……嘿！哼哼，簡單啦。」

衣服上沾滿泥土，但她毫不在意，擦擦鼻子，挺起尚未發育的胸部。

洞外面是草原及藍天。夏天將至，燦爛的陽光刺進眼睛。

是一名黑色長髮翹得亂七八糟的少女。

腰間用帶子繫緊的短袍(Tunic)到處都有補釘，被土弄得髒兮兮的。

她拍拍衣服，穿著尺寸不合的大涼鞋跑出去。

目標是通往村外的入口。雖然她不知道外面有什麼。

——要是跟人家錯過就糟糕了！

她只有腳尖套在涼鞋裡，跑過柵欄旁邊，環視周遭，看來還沒到。

趕上了——她鬆了口氣，輕快地跳到柵欄上坐下。

然後把涼鞋掛在腳趾上，雙腳晃來晃去。

風吹過熱得冒汗的大腿，冰冰涼涼的很舒服。

——之後去河裡游泳也不錯。

最近老師不太讓她出去外面玩，她很不高興。

老師本來就愛念人，口頭禪是「與其花時間玩，不如去念書」，最近更是變本加厲。

她說，外面有哥布林。

老師不肯告訴她是不是附近有巢穴，她自己好像也不知道。

不知道的話，直說不就得了？

——大概是覺得如果說有，我會跑去找巢穴。

再怎麼樣，她都沒有蠢到會一個人幹這種事。

得再找兩、三個神殿的朋友幫忙才行……

「呼啊，啊……嗯……」

她想著這種無意義的事，打了個大呵欠。

初夏的陽光正適合睡午覺。再等一下，人家還不來的話就去睡覺吧。

「不過……」

偷溜出去只為了玩和睡午覺，會被老師罵得很慘。

管他是歪理還是什麼，得想個能讓她解釋「您誤會了！」的理由才行。

「有個小孩在哭，所以我去找水果給他吃，之類的？這個之前才用過耶。」

嗯——她將兩隻小手抱在胸前沉吟著，失去平衡，倒向後方。

「噢。」

她輕輕噢了一聲，展開雙臂調整姿勢，俐落地著地。

然後笑了出來，心想「我真厲害」。寺院的朋友沒人做得出同樣的動作。

我覺得很簡單的說。她喃喃自語，眼睛捕捉到遠方的黑影。

一名男子大剌剌地從對面直線走過來。

「這裡就是有哥布林的村落嗎。」

「對呀！」

她乾脆地回答，「嗯嗯？」歪過頭。

將男子全身上下審視一番，納悶地嘀咕道：

「好奇怪的打扮……」

「是嗎。」

骯髒的皮甲、斷了一根角的廉價鐵盔。腰間配著一把要長不長、要短不短的劍。手上綁著一面小盾。

那是十歲的少女生平第一次看見的冒險者。

§

「我不是跟妳說過好幾次不能到外面去嗎！」

「我想說有個人幫冒險者帶路比較好……」

「這個村莊有大到會迷路嗎！」

少女的頭被用力拍下去，哭聲在寺院內迴盪。

「給我回房間去。」院長趕走無力點頭的少女，清清嗓子。

「不好意思，讓您見笑了……」

「不會。」

**他**搖頭說道。

「她幫我帶路。」

「聽您這麼說，我就放心了。雖然有精神是很好沒錯。」

院長是名有點年紀、看起來很嚴肅的女性，不過她注視孩子的眼神相當溫柔。

以風車為印記——掌管旅途、幸運、生意興隆的交易神，也是緣分之神。

就算寺院照顧孤兒乃理所當然之事，她想必也是足以讓人把寺院交給她管理的人物。

「那些孩子在戰爭中失去了父母，也沒有自甘墮落，還會幫忙寺院的工作。」

「是嗎。」

「不能讓他們又被怪物害得無家可歸……」

「……」

他思考了一會兒，緩緩點頭。

「我也這麼想。」

院長似乎將這句話視為簡短卻可靠的回應。

不過，或許是腦中產生了什麼疑惑吧，她帶著笑容微微歪頭。

「那麼，您的同伴呢？」

「……」

沒有回答。

他站在原地，沉默不語，凝視前方。

不對，無法分辨他有沒有在看東西。因為看不見鐵盔底下的臉孔。

「請問？」

院長納悶地又問了一次，他彷彿現在才注意到，鐵盔晃了下。

「什麼事。」

「沒有，那個，我想請問……您的同伴不在嗎？」

「沒有。」

「？是之後才會來？」

「我一個人。」

這句話令院長睜大眼睛，神情僵硬。

他簡短告知院長，在雜物袋裡摸索，抓出錢包，將銀幣遞給院長。

「住宿費。說不定會有其他事需要你們幫忙。」

「哎、哎呀，謝謝您！」

這方面的費用連冒險者公會都沒有明確規定，處於模糊地帶。

委託人想方設法才籌出報酬，不該讓人家連冒險者在當地的花費都一起負擔。

另一方面，也有冒險者覺得自己是去幫忙的，為何還得自掏腰包？

儘管只要把這方面的費用算在報酬內即可，基本上都是成功才給付，所以完成委託前是拿不到錢的。

反過來說，食宿不包含在報酬內，而是由委託人另外提供的話，也有白吃白喝，最後沒達成任務的冒險者。

到頭來還是照以前的方法，雙方自己商量冒險者的開銷該由哪一方負擔。

「不好意思。」

然而這跟那是兩碼子事，這裡可是交易神的寺院。

雖說是神職人員，並不代表他們可以不吃不喝，更遑論讓孩子們餓肚子。
院長熟練地拿起銀幣，迅速用手指摩擦邊緣。
接著說道「感謝神的恩賜」，乾脆地收下，將硬幣收進口袋。
「對不起喔。最近很多偽幣……」
院長笑咪咪地抱怨「那些人會遭天譴的」。
「所以。」
他用低沉冷淡，彷彿從地底傳來的聲音說。
「哥布林在哪。」

§

那座村莊是山腳的小小開拓區。
十幾棟小房子像勾肩搭背似的蓋在一起，隨處可見的荒村。
沒有利用遺跡的結構，也沒有街道經過。
一名冒險者大刺刺地在村中四處走動。
村民遠遠看著那位神祕又異樣的冒險者。
「喂，冒險者是指那個嗎？」

「是所謂的戰士啦。看那身鎧甲，至少不是新手。」

「說不定只是從戰場上撿來的哩。」

「可他就一個人耶？通常冒險者不都五、六個一組？」

「希望他不要失敗囉……」

「這可不成。咱們還得下田咧，這樣雇他來有啥意義。」

「嘿啊。」

村民的竊竊私語，感覺不到對他的善意。

也不能怪他們。

他們期待的是儘管是新手，卻從戰士到斥候(Scout)都有的五、六人團隊。

更別說只有這種裝備寒酸的戰士一名，他們萬萬想不到。

在**他**表示想先看看村莊時選擇跟著他，也是理所當然。

繞了一整圈用柵欄圍著的村莊後，他突然停下腳步。

「北方是山嗎。」

無法分辨是自言自語還是提問的這句話，害村人內心一驚。

他們面面相覷，點頭回答「嘿啊」，他沉默了一會兒。

最後是由站得最近的倒楣鬼追問：「怎麼了嗎？」，他接著說道：

「坡度如何。」

「馬、馬剛好能走的程度。」

「洞窟之類的。」

「不清楚，有個負責砍樹的，要俺去問問看嗎？」

「麻煩了。」

他看著村人小跑步離去，「唔」地低聲沉吟。

據說，他們無法確定哥布林是從哪裡入侵的。

每天晚上，他們都能逃過哨兵的監視，越過柵欄把田裡搞得一團亂，然後逃走。

會不會是盜賊？否定這個推測的，是明顯不屬於人類的腳印。

至於數量，就村人看來只能說「很多」。

自然會跑去委託冒險者公會。

「俺去問了，那人說沒有**洞穴**或遺跡之類的玩意。」

「原來如此。」

過沒多久，村人跑回來了，他深深點了下頭，下達結論。

「是過客。」

被趕出巢穴的傢伙，在尋找下一個棲地。

為此需要準備糧食，和打發時間及繁殖用的孕母，被選上的就是這個村落。

無論如何，不能置之不理。他正是為此而來。

「……抱歉，拜託一件事。」

「啊？」

「錢我會付。借我多的木材或柵欄的材料，還有工具。」

他從錢包裡拿出數枚銀幣，扔給村人。

「是可以啦……這些銀幣有沒有被削過？」

「這是工會給的報酬。」

村人用指尖拎起銀幣，拿到陽光下觀察，他則冷淡地回應。

「那就好。」

村人聞言便立刻相信，將硬幣放進縫補過的口袋。

削去銀幣邊緣，減輕重量，把削下來的部分存起來，是常有的**節約手段**。

貨幣本身的價值當然會因此降低，所以這是違法的，但要這種小手段的人仍然層出不窮。

若他不是冒險者，而是個混混，搞不好得解釋更久。

話雖如此，村民還是沒有停止用異樣的眼光打量他。

理應是來賺錢的冒險者，竟然特地出錢對付小鬼!?

「俺立刻拿來。」

「晚上是否有人巡視？」

「這年輕人負責的。」

疑似村長的年邁老者，代替跑去拿木材的村民回答。

「但也不是所有人都去。咱們按順序輪班……」

「繼續巡視。我不想讓哥布林發現狀況有變。」

「明白。」

儘管臉上還看得出一些對他的不信任，村長還是低頭應聲。

給錢之前和給錢之後比起來，他僵硬的表情徹底放鬆了。

表示對於願意付錢的人，他們就是如此信賴。

「我去準備。」

「準備？」

「嗯。」

他點頭，轉了一圈睥睨四方。

哥布林十之八九會從後面的山來襲。

田裡主要分成三區，春天播種的區域、秋天播種的區域，以及休耕地。

春天播種的區域還沒發芽，但秋天的作物已經快要可以收穫。

高麗菜、蕪菁、豆子、麥穗正隨風搖晃，由此可見，小鬼的目標就是那個。

休耕地也很麻煩。那裡只種了給家畜當飼料的白三葉草，容易入侵。

目前小鬼偷的還只有蔬菜，不過可以確定，他們很快會把目標轉移到家畜和村姑上。

沒有太多時間。理應如此。

「能否提前採收作物？」

「喔，是可以。」

村長瞇起被太陽晒得睜不開的眼睛，被刺得眨了好幾下眼。

「現在開始動工的話，就算派出所有人，也要明個中午才能搞定。」

「那麼，麻煩了。」

他一這麼說，村長便揮動瘦弱的手臂，對在遠處旁觀的村人下達指示。

幾名男女急忙跑向倉庫，拿著道具回來，走進田裡。

不曉得是自己有田的農民，還是村裡的農奴。

然而對村人來說，就算作物會比較小，能採收到總比在收穫前被搶走來得好。

即使是農奴，也不會在這方面偷懶。

「後面有從河川引水過來對吧。」

他接著望向的是流經村莊旁邊的一條河。

不怎麼深，所以儘管小鬼身材矮小，依舊構不成阻礙。

問題是連接河川與村莊的水路。

「把水路的水位提高。我想做壕溝。」

村長聞言，挑起一邊的眉毛。

「那應該有足以讓小孩溺死的深度。」

「喔。哎，其實有權管水的是領主大人，不過……」

村長瞄了蓋在河邊的水車小屋一眼。

村裡能磨麵粉的設施，只有那棟掛著領主印記的建築物。

簡單地說，河水也是領主的所有物，想用就給我繳稅。

村民都乖乖繳稅了，照理說會希望領主負責保護他們，可是這在邊境難以實行。

不可能為了區區哥布林派出軍隊。

就算國家真的願意派兵，光徵兵就不知道要花上幾天。

「……前陣子下了雨，所以從河裡流過來的水也變多哩。」

然而，農民也很聰明，懂得鑽這種漏洞過活。

他也很清楚。因為他同樣在農村生活過。在另一座農村。

為了整理思緒和搖搖晃晃的視野，他閉上鐵盔底下的眼睛，深呼吸一次。

假如自己是哥布林，會如何行動？假如自己是哥布林，會盯上什麼？會嫉妒什麼？

——嫉妒別人會變成哥布林喔。

確實如此。

「還有，準備辦祭典。」

「祭典？」

「嗯。」

他點頭。

「雖然惱火，今晚暫時放他們自由行動。不過，明晚就不一樣了。」

他沉吟著，又轉身看了村莊一眼。

若哥布林從四面八方進攻，該如何是好？

「……先做木樁。」

該做的事實在很多。

§

「好，上工囉……！」

牧牛妹拍拍臉頰，為自己打氣，用力推開倉庫的門。

她被揚起的灰塵嗆得輕輕咳嗽，走進其中。
空蕩蕩的室內。一個晚上也就罷了，這裡實在不是給人住的地方。
「真的，太扯了。」
牧牛妹手扠在腰間，無奈地嘆氣。
沒有稱得上行李的行李，是因為**他**什麼都沒帶吧。
不曉得他換洗衣物都怎麼辦。肯定是隨便解決。
——之後可不會讓你再過得那麼隨便。
她先用手帕遮住口鼻，從把垃圾掃到外面開始。
快要塌掉的倉庫變得牢固許多，八成是他修好的。
所以就算有點粗魯地揮動掃把，也不用擔心房子垮掉。
「真的是，從以前到現在，都是，這個樣子……！」
沒錯——是她被他牽著鼻子走，還是她把他牽著鼻子走？（註1）
小時候，他們經常在一起。
雖然也有其他年齡相近的孩子，家住在隔壁還是會比較熟。
有時在原野上跑來跑去，有時拿著木棍玩冒險遊戲。

註1　「揮動」與「牽著鼻子走」原文動詞同為「振り回す」。

可是，他們始終不知道山的另一邊有什麼、城鎮是怎樣的地方。

——結果因為這樣吵架了。

用掃把把垃圾掃出去後，擰乾抹布擦地。

「至少，帶條毯子過來……吧。」

不如說，是不是該訓他幾句，叫他到屋裡睡？

「嗯，就是說嘛就是說嘛。你對我鋪的床有什麼不滿？」

換成他的姊姊，肯定會像這樣扠著腰念他一頓。但。

——搬大姊姊出來，太卑鄙了。

所以，不能這麼做。唯有這件事不可以做。

「呼……」

她花了一段時間擦地，用水桶裡的水將抹布洗乾淨。

水立刻染成黑色。髒掉了。大概是因為這裡太久沒打掃。

「……」

事情沒那麼簡單——人心看似複雜又單純，結果果然還是複雜的。

她喘了口氣，心想「像這樣幫忙打掃，最後會不會也是徒勞無功」。

諸如此類的負面想法接連冒出來，害她覺得很討厭。

「……啊啊，算了，打掃打掃。進到乾淨的房間，心情也會轉變吧。」

她這麼告訴自己，又開始努力擦地。滴到地上的，不曉得是眼淚還是汗水。只有這點，連她自己也不清楚。

§

喔喔　女神啊　地母神啊
據風神所言
祢的胸部　值千金
就算灑了一大筆錢
要來不來還得看祢高興
雖然咱們一貧如洗
女神啊　女神啊　現身吧
這片黃金之海　盼祢降臨

村人們精神百倍地唱著歌，採收作物。
用鐮刀收割小麥，採收高麗菜，拔出蕪菁，將豆子扔進籃裡。

明明是要趕時間的工作，眾人臉上卻帶著有點高興的表情。

這是自然，畢竟那些是他們秋天播種，經過寒冬，好不容易才能採收的糧食。

注意陽光、注意雨量、注意風勢，還要記得翻土，全心全意培育的作物。

把作物換成錢拿去繳稅後，肯定剩不了多少。

儘管如此，這些終究是每天辛苦工作賺得的錢。

怎能讓那群小鬼稱心如意？

出來囉　出來囉　偉大的地母神
據風神所言
祢的屁股　世界第一
就算灑了一大筆錢
仍得先獲女神芳心
雖然咱們一貧如洗
也想跟女神　共結連理
這片黃金之海　盼祢降臨

溫暖的陽光、吹動綠葉的風、傳入耳中的歌聲。

水路的水量逐漸增加，傳出潺潺流水聲，伴隨水車嘰嘰轉動的聲響。
這是只能在農村聽見、脫離俗世的柔和樂曲。
坐在田邊聆聽，想必過沒多久就會忍不住打起盹來。
不知不覺停下手的**他**，急忙動起刀子。
都已經沒時間了，哪能浪費在睡眠上。
「……」
先做木樁。
如此宣言的他手中，拿著木樁和削木頭用的小刀。
有點長，形狀類似長槍，只是把木柴兩端削尖的簡單武器。
盤腿坐在地上的他，撥掉積在大腿上的木屑，將削好的木樁堆到旁邊。
「欸——為什麼要把兩邊削得尖尖的？」
突然傳入耳中的聲音，令他在鐵盔底下微微皺眉。
他瞥了旁邊一眼，是抵達村莊時告訴他村名的小女孩。
她剛剛才被院長罵哭，現在卻帶著一臉若無其事的笑容。
經過片刻的煩惱，他歪過斷了一根角的鐵盔。
「不去幫忙嗎。」
「我想說還用不著我出手。」

「是嗎。」

他無視得意地挺起胸膛的女孩，拿起下一根木樁。

他喀哩喀哩削著木頭，少女則緊盯著他。

「……」

「……」

「……」

「……」

過沒多久，他嘆了口氣說：

「插在水路上的。」

「要插很多嗎？」

「多到讓他們嫌過河麻煩。」

使用有點長的木頭，又把兩端削尖，是為了插在水路上。

就村莊及周遭地形看來，沒設柵欄的地帶——也就是農田，只能靠壕溝補足。

「比起這個，」

少女發出「哦——」的讚嘆聲，他將頭轉向另一側。

「院長在找妳。」

「嗚欸！」

話才剛說出口，少女就跟脫兔似的跑走了。

他試圖捕捉她的身影，卻只看見黑髮在視線範圍邊緣晃了下，跑挺快的。

喘著氣從後面小跑步追過來的院長，恐怕無法追上她。

「啊啊，真是，不好意思……我明明叫她不可以打擾大家。」

「不。」他搖著頭說。「我不介意。」

他又堆了根削好的木樁到旁邊，拍掉腿上的木屑。

不帶感情、事務性地默默動手。

——總之先把眼前的事處理好。你有那個心力擔心之後的問題嗎？

可是，不可以因此放棄思考。那名圃人（Rare）老翁這麼罵過他。

如今回想起來，那些建議搞不好全是臨時想出來的。

「說不定有小鬼在偵查。順其自然較不會被發現。」

不過，他遵照圃人老翁的教誨，一邊思考一邊做事。

院長說「是這樣嗎」，他回答「恐怕」，搖動鐵盔。

他指向村外那棟有點大的、狀似石櫃的建築物。

「用來放作物的，是那個倉庫嗎。」

「嗯。雖說是石造的，也不是多高級的東西……」

真難為情。他無視院長說的話，沉吟著。

這樣的話，唯獨那裡絕對不能讓小鬼進去。

反過來說，哥布林肯定會以那裡為目標。

「……委託達成後，能否麻煩你們收拾柵欄和木樁。」

「由我們來做當然是無妨……」

他將削好的木樁綑在一起，抱在腋下，緩緩起身。

「我不一定能幫忙。」

§

「那個——剿滅食岩怪蟲（Rock Eater）的委託請到這邊的櫃檯承接！」

櫃檯小姐努力提高音量，以免被人滿為患的公會裡的交談聲蓋過去。

「喔，麻煩妳了。」

「我的團隊也要去！」

「我我我！」

她手忙腳亂地接待舉起手排到櫃檯前的冒險者，處理文件。

一般業務也就算了，她第一次處理複數團隊結盟（Alliance）的案件。

把這麼大規模的工作交給她，勢必得加油才行，可是……

——不習慣的話，萬一出錯就糟糕了……！

「那、那個，請在這張文件上簽名，簽完後……」

「接下來要簽那個吧？跟其他團隊起爭執時，公會概不負責的切結書。」

「啊，是的，是的。不好意思！」

緊張得腦袋反應不過來，被冒險者提醒，忙得暈頭轉向。

讓自己做這種牽扯到這麼多人的工作，沒問題嗎……

——呃，現在哪有時間給我想這些。

五年前，魔神的其中一柱消滅後，世上的怪物依然沒有消失。

據說，這起事件的導火線在於開墾礦山。

礦工們想要把新坑道挖更得深一點，結果出現黑色的塊狀黏液怪。

人稱黏液怪的黏泥(Slime)瞬間增殖，追得礦工們四處逃竄。

常有的事，對冒險者而言，是個值得高興的工作機會。

這次的案例卻不只這種程度。

食岩怪蟲從地下跑了出來。

食岩怪蟲容易跟大蜈蚣(Giant Centipede)搞混，但他和一般的蟲可是相去甚遠。

只是因為外觀與蜈蚣相似才這麼稱呼，就像龍和蜥蜴常被混為一談。

會吃石頭，會吃岩壁，會從地心深處開出一條垂直坑道通往山底的巨大怪物。

四方世界之所以有大量洞窟，就是食岩怪蟲暴食的痕跡——……

都城的賢者們雖然予以否定，這個說法還是傳得煞有其事。

這種有如巨大蜈蚣的生物以礦石為糧，因此牠的存在也可以證明礦藏豐富。

前提是牠們沒有追著食人黏泥，跑到接近地表的區域。

對於連石頭都會吃的怪物而言，動作緩慢的黏液及肉塊是很好的獵物。

**只是身體被溶掉一點點**，想必不痛不癢。

只裹了一層殼的柔軟肉塊，就更不用說了……

——好挫折喔。

沒有冒險者在排隊的短暫空檔，櫃檯小姐將額頭貼在冰涼的桌面上。

她把臉轉向旁邊，臉頰也貼上去。有點舒服。

「剿滅食人黏泥。我是有處理到這個委託啦……」

——在文件由自己整理的委託中，有哪支隊伍全滅，或是有哪個冒險者死了。

何況這次還是突發狀況。

既然沒有參與事前調查，櫃檯小姐自己當然不必負責。

「啊嗚嗚……」

「啊啊——還以為妳習慣了，結果又在難過。」

振作一點。同事為她打氣，櫃檯小姐答道「是的」，輕輕點頭。

「不過，還是會擔心吧？『那些人沒問題嗎』之類的。」

「會是會，但我們在這邊瞎操心也沒用。」

「是沒錯啦。」

她坐起來拿起筆，卻沒幹勁處理文件。

看到她在用手指玩筆，同事露出了然於心的表情笑出來。

「怎麼啦？有中意的冒險者了？」

「並不是。」

櫃檯小姐彷彿在鬧脾氣似的，鼓起臉頰，同事臉上卻依然掛著貓一般的狡黠笑容。

「之後要找時間跟我說喔。是嗎是嗎，原來如此。」

「就跟妳說不是了。」

「不管怎樣，對冒險者投入太多感情都不好。工作囉工作囉。」

同事像要幫她加油般，拍了下她的肩膀，颯爽回到自己的座位上。

——哎，雖然妳說的沒錯啦。

被拋下的櫃檯小姐，在內心重複同樣的話，迅速整理好儀容。

沒錯，工作就是工作。

既然要送冒險者出去，就得隨時注重儀容——

「櫃檯小姐。」

「啊，哇，是、是！」

突然有人出聲叫她，導致櫃檯小姐嚇得跳起來，驚訝地轉過身去。

最初聞到的，是酒的味道。

櫃檯小姐對於會散發酒味的冒險者沒什麼好印象，皺起眉頭，順便眨了下眼睛。

有點亂掉的衣服和沒刮的鬍鬚，帶著黑眼圈的雙眼，目光異常銳利。

是那位前幾天第一個遇到食岩怪蟲、失去夥伴的年輕戰士。

「我也要去。」

年輕戰士的語氣冷靜得嚇人。

「我也要去。讓我一起去吧，櫃檯小姐。」

「那、那個……」

櫃檯小姐視線游移。

照理說有很多該對他說的話，她卻不知道說些什麼才好。

既然如此，應該什麼都不要說，默默幫他辦手續，可是櫃檯小姐也不想這麼做。

接委託是基於自身意願，後果自負。只要等級足夠就沒問題。

記得這名冒險者還是第十階，白瓷等級，不過這次所有等級都能參加。

占據一整座礦山的食岩怪蟲，固然是可怕的怪物，卻也不像魔神和龍那麼恐怖。

然而——這名冒險者現在是單獨行動，沒有團隊。

「……沒問題嗎？」

「沒問題。」

「……」

櫃檯小姐腦海閃過**他**的身影。

現在，他應該在獨自與哥布林作戰。

難道讓他單獨行動就可以，這名冒險者就不行？

其實，她也一樣不希望他一個人行動——

「嘿，我聽見囉。」

粗野的聲音介入兩人的對話，彷彿要斬斷她的糾結。

是背著一把**闊劍**的魁梧重戰士。

「那你就來當我團隊的臨時隊員吧。」

「……」

年輕戰士咬了下嘴唇，咕噥道「不好意思」。

重戰士什麼都沒說，聳聳肩膀。背後是一群傻眼的冒險者，大概是他的同伴。

「櫃檯小姐。」

他又叫了她一聲，櫃檯小姐吐出一口氣。

冒險者要自己承擔責任。這樣不就行了？

她只需要做好分內的工作，盡量提供協助。

「好的，麻煩您了。」

她這麼說道，深深低下頭。

§

——總之，加強四方的守備為優先。

太陽逐漸下山，天空染上暗紅色，他默默繼續工作。

夕陽光從窗戶照進寺院，點綴樸素的石室。

寒酸的鐵盔沐浴在夕陽之下，也散發出比平常更加強烈的異樣氛圍。

來偷看的少女和孩子們，尖叫一聲後跑走了，沒有要回來的跡象。

「……」

他在寺院的空房間內，從放在地上的木材中選出適合的，並組合起來。

是剛從北方那座山砍下來的幾根細圓木。

他將圓木交叉排列——是要做柵欄吧。

「…………唔。」

他低聲沉吟，回想之前遇到的小鬼體型。

跟小孩子差不多——除了鄉巴佬。

這樣的話，問題在於柵欄的組合方式。

排得整齊一點，柵欄會比較堅固，可是必須考慮到敵人爬上來的可能性。

不把上下間隔拉大的話，會留下讓敵人攀爬的空間。

儘管如此，小鬼名副其實，是矮小的怪物。

只拉大上下間隔，他們輕輕鬆鬆就穿得過去。

「那麼。」

理所當然，只要縮小左右間隔即可。

他將現有的木材組合好，用麻繩綁緊，做成柵欄，吐出一口氣。

做好一組的柵欄，難看得跟倒下來的梯子沒兩樣。

不過，這東西拿來當柵欄也夠了吧。小鬼很難入侵。

——之後在牧場也設置一下好了。

腦中浮現這個想法。他緩緩搖頭，眨眨鐵盔底下的眼睛。

頭在暈，太陽穴隱隱作痛。仔細一想，他從早上就工作到現在。
他從行囊中拿出水袋，一口、兩口，慎重地喝著。
拿出肉乾，用小刀切細，從頭盔的縫隙間塞進去。
每咬一口，令人厭惡的鹽味就會在有點溼潤的口中擴散。
他靠著牆閉上眼睛，將注意力集中在咀嚼肉乾上。
舌頭好痛。是因為鹽巴的關係吧。他灌了口水，連肉乾一起吞下去。
慢慢起身。把水袋裡的水補滿後，得去守夜才行。
因為哥布林肯定會來偵察。
他走出寺院，夕陽下山前最後的光芒，顯得特別刺眼。
他把手擋在眼前，仰望天空。姊姊說過，夕陽看得很清楚的隔天會放晴。
暗紅色的夕陽則會下雨。
「下雨嗎。」
決戰是明天晚上。最好不要下雨。至少中午不要。
不過，搞不好會下。下雨的話怎麼辦？情況不容樂觀。
哥布林會如何發動攻勢？他邊想邊走在路上。
不久後，抵達水位升高後的水路，採收完作物的農夫們正好在洗手。
他輕輕點頭致意，幫水袋補水。

「收穫如何？」

「哎呀，還算過得去囉。」

回答他的是今天早上幫他拿木材過來的那名農夫。

農夫把晒成淡褐色的臉泡進水路裡，用手帕擦乾，咧嘴一笑。

「比五年前那場戰鬥好多哩。那群怪物把田都搞爛了，還燒掉大家的村子……」

「嗯。」

他點頭。

「我知道。」

因為你是冒險者嘛。農夫大笑著坐到水路旁的地上。

眼睛瞪著的不是站在旁邊的他，而是已經沉入地平線的夕陽。

「……那個時候啊，只有冒險者來的村莊沒被燒掉。」

「……」

他沒有說話，看著紅光被拖進地平線下。

無論它怎麼緊抓著大地不放，夜晚一來，光芒就會被從棋盤上拿掉。

之後就是哥布林的時間。那些傢伙八成會喜孜孜地在棋盤上恣意妄為。

「……………我會盡我所能。」

他終於開口說話，慢慢走向田地。

當晚，他發現田地後面有疑似鬼火的東西在徘徊。

蹲在倉庫旁邊的他，無數次以為小鬼要來襲了，站起身來。

結果那個光只不過是村民巡視時拿著的燈。

在他眼中，怎麼看都是哥布林眼睛的光。

自己正在跟哥布林戰鬥嗎？還是並非如此？

他只閉著一隻眼睛度過夜晚，現實逐漸變得非常曖昧不明。

他站起來，環顧四周，坐下來陷入沉默，然後又站起來。

每過一小時就重複一次這個動作，持續等待。

是在等待黎明，還是在等哥布林，他自己也不知道。

最後，黎明比哥布林更早來臨。

§

在礦山入口集合的冒險者數量，隨便估計都超過四、五十人。

也就是說，單純計算下來，有超過十隊冒險者聚集在這裡。

以同盟（Alliance）來說規模相當大，等級最高的冒險者會躍躍欲試也是自然。

「好——聽好了。敵人就在礦山最深處！因此我們要從坑道的四面八方進攻，把他逼到無處可逃！」

銅等級的冒險者，穿著閃亮鎧甲的男子，以指揮官的身分大聲下達指示。

他留著整齊的鬍鬚，腰間配著一把突劍，頗有貴族風範。

乍看之下會以為他是打扮成冒險者取樂的貴族，不過光憑地位及名聲是換不到等級的。

「八成都是在城裡打打市街戰（City Adventure）吧？」

隸屬於白瓷等級的團隊，被分配到先遣部隊的長槍手碎念道。

不過，這個銅等級的頭目已經算過得去了。就長槍手所見，他的步法挺穩的。

長槍手掃視眾人一圈，其他白瓷等級和黑曜等級都還是新手的樣子。

自己當然沒資格說別人，但他好歹經歷過一、兩場戰鬥。

那些只是覺得比剿滅哥布林還帥，才選這個委託當第一次任務的人……

「……有辦法驅除怪物嗎？真希望至少發一、兩個油桶。裡頭不是有黏液怪嗎？」

「白痴，這麼多人在這麼狹窄的地方用火，有種就試試看吧。肯定全滅。」

拍他肩膀的人，是背著**闊劍**的重戰士。

「何況委託人是礦山的主人，要是不小心把裡面燒成焦炭就完了。」

「所以才會召集這麼多人一起進去啊。」

「這可不是一、兩個人的探索任務……給我看清楚四周。搞不好會有人願意幫忙。」

「不愧是堂堂一支團隊的頭目，講的話就是不一樣。」

少給我打馬虎眼。重戰士皺起眉頭，望向自己的團隊。

半森人輕劍士正在照顧年少的二人組。

「聽好囉。只要照之前剿滅哥布林的時候那樣做，就不會有問題。」

「法術盡量省著點用。黏液怪也就算了，食岩怪蟲可是很強的怪物。」

「喔、喔。懂了。」

「知、知道了。」

少年斥候(Scout)和少女巫術師(Druid)瞄了這邊一眼。

重戰士對兩人點頭微笑。

**大將**願意關心自己的情況，能夠給人安心感。

「妳那邊沒問題嗎？」

所以，重戰士帶著有點僵硬的表情，詢問正在裝備手甲的女騎士。

「沒問題。」女騎士繃緊神情說道。「對了，頭盔呢？」

「噢，最好戴一下。喂，把頭盔戴上。頭部防具。」

「是！」

少年斥候窸窸窣窣從行囊裡拿出護額，輕戰士點了下頭，戴上皮帽。

重戰士用眼角餘光看著巫術師戴好寬緣帽，無奈地走到女騎士背後。

「受不了，妳也是啦。為何還沒戴頭盔就先穿手甲？」

「囉、囉嗦。只是弄錯順序而已。」

「妳每次都弄錯……好了，不要動。」

女騎士不服地「唔」了一聲，乖乖停止動作。

重戰士用粗糙的手指輕輕束起她的金髮，用髮夾牢牢固定在後腦勺。

「頭髮那麼長會礙手礙腳吧。」

「……女人就是會注重外表。不好意思啊。」

是喔。重戰士說道，從行囊裡拿出鐵盔扔給她。

女騎士急忙接住，抱怨著戴上鐵盔扣好。

重戰士也戴上新買來的皮製頭盔，綁好下巴的繩子。這樣就行了。

「你那邊怎麼樣？還可以嗎？」

「嗯。」

接著，他詢問那名年輕新人戰士。

說他年輕，歲數跟重戰士其實差不了多少。同樣十五、六歲吧。

他跟謊報年齡的少年斥候他們不一樣，所以重戰士沒有太擔心。

事實上，他仔細檢查皮甲和劍的動作，明顯很熟練。
「看來你冒險過幾次。」
「姑且殺過哥布林。」
「剿滅哥布林嗎。」
重戰士喃喃自語，毫不掩飾地皺眉。他想起羞恥的回憶。
聽見這段對話的女騎士從旁調侃他「小心別卡到囉」。
長槍手問「什麼東西？」，她便喜孜孜地分享重戰士失敗的經驗。
雖然頭盔遮住了她的臉，可以肯定女騎士絕對帶著討人厭的嘲諷笑容。
「……沒看見那個怪傢伙。」
重戰士大聲咂了下舌，改變話題。
「嗯？」
「總是開口閉口哥布林的那傢伙。」
「喔……」
年輕戰士拿起自己的頭盔戴上去，用相當冷淡的聲音咕噥道。
「大概是去殺哥布林了吧。」

§

村子中央傳來熱鬧的交談聲跟音樂，瀰漫炊煙與香氣。

知道源頭卻不知道去向，知道身分卻看不見實體——這是老師出的謎語。

**他**抱著東西走在路上，彷彿要遠離祭典的喧囂聲。

走得越遠，祭典的聲音就愈發微小，食物的香氣也逐漸淡去。

初夏的陽光熱得彷彿會燙傷人，背帶陷進肩膀，腳步十分沉重。

不過，一步就是一步。

踏出一隻腳，身體向前，踏出另一隻腳，身體向前。

一步。

儘管速度不快，重複這個過程就會前進。一步步累積下來，總有一天會抵達目的地。

時間和體力都有限，不過只要一直走下去，沒有抵達不了的地方，此乃真理。

他咬緊牙關走著，走到村外後，意識到自己身在何處。

「……」

先放下東西。

他扛過來的是昨天做好的柵欄，不用說，設置柵欄就是他的目的。

從小鬼的身高來看，高度不用太高，可是就算這樣，還是有一定的數量。

木樁放在河裡，河川沒流經的地方則要設置柵欄。根本沒時間參加祭典。

——至於村人，得讓他們在祭典上盡情玩樂。

出動所有村人防禦的話，小鬼也會察覺異狀。

要是他們因此臨機應變，反而更危險。

「……唔。」

因此，他使出渾身的力氣工作。

默默流著汗，將柵欄打進地面，用繩子固定，處理下一個柵欄。

柵欄用光後再回去拿，遇到河川流經處就改拿木樁，如此反覆。

他很喜歡像這樣只顧著專心動手，什麼都不想。

他並不擅長思考。

姊姊跟老師都念過他好幾次。

事實上，他也很清楚自己不是聰明人。

——所以給我不斷思考。

老師這麼罵過他。他沒打算違背老師的命令，可是思考實在很累人。

偶爾會有專心做好手邊的事就行的工作。

他非常喜歡。

現在也只要設置柵欄，把木樁立在河上即可。

——哥布林。

沒錯，為了從哥布林手下守住村莊。

——哥布林……哥布林。

每設置好一個柵欄，就想像解決了一隻哥布林。

每將一根木樁插進河中，就想像解決了一隻哥布林。

那是有如白日夢的妄想。

用劍砍，用盾砸，砍斷喉嚨，刺斷延髓。

要按照什麼順序用什麼方法殺。要如何襲擊、如何讓他們斷氣。

經歷之前那幾次戰鬥，他也學到不少。

哥布林很弱。

單一隻的話，根本構不成威脅。

村人只要靠一根木棍就能趕走，也殺得死。

問題在於能連續持續多久。

踏進洞窟。敵人的數量是十或二十。

至少得揮二十次劍。需要持久力。

還有武器。

若是只需要集中在每一刀每一劍上的高手也就算了，他們可是要不停猛揮。砍到骨頭的話刀刃會有缺口，砍到肉的話刀刃會沾到血脂變鈍。

——該怎麼做？

他停下手，瞪著空中。沒有答案。誰都不會告訴他。

用棍棒嗎？不行，棍棒固然好用，始終只能用來毆打。

考慮到泛用性……

「不。」

不是這樣。他慢慢搖頭。

遠方傳來祭典的聲音。突然有股聽見懷念聲音的感覺。

每進一顆就能換一杯麥酒。小孩則是一杯檸檬水。

小時候常練習。

他很擅長扔東西。為了幫姊姊跟那孩子贏得飲料，對那個遊戲莫名認真。

「柵欄。」

他自言自語。

「做柵欄。」

他伸手摸索，發現扛來的柵欄已經全數設置完畢。

不僅如此——他似乎已經繞了整個村莊一圈。

最後設置的柵欄旁邊就是另一個柵欄，只等著他綁好。

柵欄後面是原野，看得見北方的山。村人說那是座礦山。

他將沒綁好的柵欄一腳踹飛。

柵欄發出吱嘎聲鬆開來，空出一個小小的縫隙。

「……」

檢查過後，他抬頭望向天空。小鬼看到這個漏洞會怎麼做，顯而易見。

太陽快下山了。西邊的夕陽十分混濁，聽見雷龍的低吼聲。

他想起自己整天沒吃東西，將水袋裡的水倒進隱隱作痛的喉嚨。

接著取出肉乾，硬塞進口中。咬碎，吞下。

即使喝了水，乾燥的喉嚨還是痛得像要裂開一樣，拜其所賜，意識清醒了一點。

他蹲在草叢裡，拿出火把。

加入胡桃皮和酒後烘乾的鼠糞及牛糞，再混進硫磺跟松脂製成的火把。

他抱著火把，等待即將西沉的太陽徹底落下。

然後……

# 第7章 『夜幕降臨』 Climax Phase

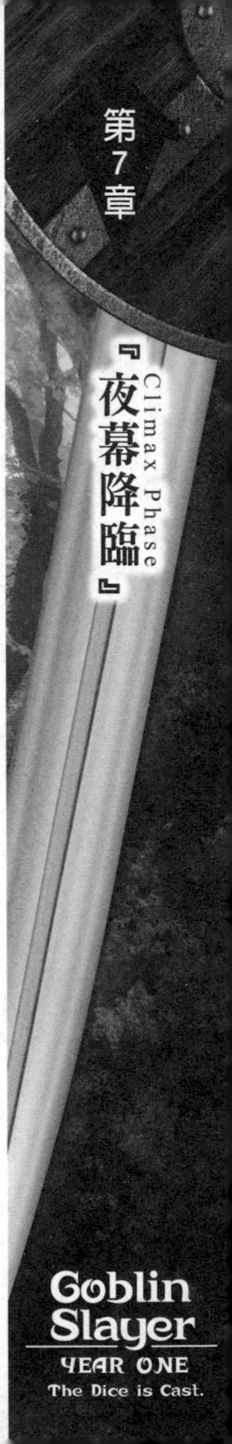


紅月升起。綠月接在其後。過了一會兒，暗雲洶湧，雷龍咆哮。

藍白色光芒伴隨刺耳雷聲斬裂夜空，最初的一滴雨水滲入大地。

對哥布林而言，這一切都是上天的恩賜。混沌的加護。

「GORRB！GOBROGBG！」

「GOORBGRGO！」

平常明明下雨就罵，對自己有利的時候卻歡天喜地，小鬼就是這種生物。

躲在草叢中伺機而動的哥布林們，奸笑著爬出來。

數量很多，手上拿著各種粗糙的武器，每一隻的表情都因欲望而扭曲。

他們理解凡人（Hume）的習性，不知道是從哪學來的。

凡人跟白痴一樣邊唱歌邊切蔬菜，就是將糧食囤積在一個地方的前兆。

囤積完糧食，他們會大笑著瘋狂跳舞。

小鬼們心想，真是群愚蠢的傢伙。那樣有什麼有趣的？程度真低。

看見人類那麼得寸進尺，哥布林覺得一肚子火。

他們可是得在外面任憑風吹雨打太陽晒，過著有一餐沒一餐的生活。

那些人類明明沒做什麼，卻能像那樣盡情玩樂。

哥布林基本上只會靠掠奪取得必需品。

因此，他們完全無法想像種植作物、飼養家畜的過程有多辛苦。

對小鬼來說，那些東西全是憑空出現的。

既然如此，就算東西被他們拿走，人類也沒資格抱怨——不對。

東西放在那裡，所以屬於自己。哥布林是這麼想的。

那些物資由凡人獨占，反而沒天理吧？

因此今晚也一樣。

「GROB！GROB！」

「GOROBG！」

他們妒火中燒，將自己這麼做的理由正當化，覺得全是因為凡人把他們逼入絕境。

忠於欲望的哥布林大量湧出，朝村莊前進。

那裡有食物。有玩具。也有女人。

在找到可以睡覺的地方前，正好拿來打發時間。

這群哥布林是被從巢穴趕出來的。

他們是在外徬徨的部族，流浪的天數不長，對小鬼來說卻難以忍受。

哥布林們懷著累積已久的悶氣不斷向前跑。事到如今，冒險者根本不足為懼。

「GOROBOG!?」

然而，前方被柵欄擋住了。

昨天明明沒有這些狀似倒下來的梯子的柵欄。

負責偵查的哥布林拚命辯解，其他哥布林卻認為要不是這個蠢蛋漏看，就是偷懶摸魚。

無論是何者，小鬼們團團圍住偵查兵，用棍棒打到他再也不動為止。

哥布林就是這樣，他們從沒想過自己失敗時也會遭遇同樣的下場。

「GORBG！GOOBOGOR！」

他們設法爬上柵欄，柵欄的上下間隔卻很長，哥布林的手搆不到。

不久後，哥布林們嚷嚷著開始沿柵欄走。

一隻哥布林發現河裡沒有柵欄，跳了進去，結果被木樁刺穿，因此他們放棄渡河。

其他哥布林紛紛嘲笑那隻哥布林愚蠢，對他毫不感謝。

他們反而燃起幹勁，要把攻擊他們的凡人跟那隻哥布林一樣串成肉串。

憤怒與執念熊熊燃燒，就在哥布林準備繞村莊外圍走一圈時——
開始考慮直接破壞柵欄的哥布林，突然停下腳步。
「GOROGORB……」
柵欄的尾端——只有那邊沒有綁繩子。
哥布林面面相覷，竊笑著。所以才說凡人就是愚蠢。
事到如今也沒必要特地破壞柵欄、告訴他們這有多無謂。
只要衝進村子，襲擊、蹂躪大吃一驚的那群凡人即可。
哥布林們推開像門一樣吱嘎作響的柵欄，踏進村莊。
雨勢變大了。

§

能做的事都做了。
應該是這樣沒錯。
——真的嗎？
**他**不知道。
說不定還能多做什麼。說不定忘了做什麼。

但願一切能按照計畫進行，不過說起來，連那個「計畫」周不周全都無法確定。

責任全在他身上。一切的終局、結果，都握在他手中。

——想逃走嗎？

冷靜點。深呼吸一次。冷靜點。再深呼吸一次。

全都只是感情。

不是現實。

雨水無情地打在身上，口中呼出白色吐息。

身體好重，手指僵硬，彷彿被用黏膠黏在劍柄上面。

——不是計畫能不能順利進行的問題。

要讓計畫順利進行。

那就是現實。

否則會死。

現實就是那樣。

殺掉他們，就不會死。

現實。

「……」

他點燃火把，從草叢中站起來，襲向附近的哥布林。

「GOROG!?」

趁哥布林回頭前迅速用盾牌毆打那傢伙的背，用劍插向延髓，剜開。

先一隻。

「GOROOGOROG!?」

「GOBRG！GOORBG！」

哥布林們終於發現死在泥水中的同胞，望向他。

他扔掉火把。在雨中依然能燃燒的火焰，會照亮敵我雙方的身姿。

角斷掉的鐵盔、骯髒的皮甲，握著要長不長、要短不短的劍，手上綁著一面小盾。

——哥布林有幾隻。

十隻嗎，二十隻嗎。不至於到三十。眼前有五隻。

跨越欄杆的第一列。若是現在，殺得了。

「GOROG！」

「哼。」

他飛奔而出。

用左手的盾牌擋去哥布林揮下的棍棒，放在腰間的手順勢出劍。

確認劍尖從下巴下方刺進去後，手一轉，踢向胸口踹倒對方，拔劍。

「GOBORGOGB!?」

「二。」

「GOBORG！」

拿盾擋住從左邊撲過來的小鬼的短劍。劍刃發出沉重聲響，陷進皮革。

放著盾牌裡的短劍不管，直接用剛才拔出來的劍，往右邊哥布林的肩膀斜著砸下去。

「GORRROBGOGORG!?」

「三……不對。」

不夠用力。他嘖了一聲。迅速扭動身軀，從盾牌拔出短劍，刺進小鬼的肚子。

「GOGGROGB!?」

含糊不清的慘叫聲。腸子被攪得亂七八糟的哥布林，壓著流出來的內臟倒地。

還活著。但受了致命傷。可以先放著不管。

「……三，這樣就是四……！」

「GORORG!?」

然後從上段給胸口流著血還搖搖晃晃站起來的哥布林一擊。

劍刃插進頭蓋骨的沉悶聲響響起，哥布林腦漿四濺，仰躺著死在地上。

他使勁踹了屍體一腳，拔出插在屍體上的劍。
已經不能用了。他用力咂舌。雨水很冰，身體陣陣發疼。
「……下一隻！」
圍住村子的四面八方，然後**讓他們找到**一個漏洞。
辦完祭典後小鬼肯定會來。會從他們發現的入口入侵。
既然如此，就在那裡迎擊。
「GORRRG！」
「GROBRG！GGORG！」
哥布林有如鬼火的眼睛，從暗處一雙一雙接近。
「……把哥布林。」
他冷靜地，用異常低沉的聲音說。
若有人聽見，想必會以為那是從谷底吹過的風。
「全部殺光。」

§

「要來了——！」

既然黏液怪是被食岩怪蟲趕出棲地，只要往沒有黏液怪的方向前進即可。

銅等級的頭目下達的指示，只能說準確無比。

一名斥候（Scout）因突如其來的地震發出警示的瞬間，頭部憑空消失。

伴隨胡桃裂開般的清脆聲響，被從岩壁竄出來的下巴咬碎。

「CEEEENTI！」

用大顎在礦山中挖洞的怪物，下巴發出嘰嘰嘎嘎的聲音，把頭垂到冒險者面前。

前面是失去頭部的斥候，全身抽搐著跪到地上。

鮮血慢了幾拍像噴泉似的噴出，其他冒險者警戒起來，一副動搖不安的樣子。

「嗚、嗚啊啊啊啊……！」

「……出、出現了。」

「看也知道好嗎！」

率先怒吼，拿起武器的，是長槍手。

他推開裝備一點使用痕跡都沒有的冒險者集團（Troop），站到最前方。

連夢想與有名的怪物戰鬥、立下戰功的他，神情都很緊繃。

就算食岩怪蟲的身體能繞山七圈是傳說好了，只有頭和數節身體就這麼長，推測全長高達五十公尺。

這樣跟與巨人之類的生物為敵有何差別？

「喂……這絕對不是白瓷等級的工作吧！」

「對呀！『沙吉塔（箭）……凱爾塔（必中）……拉迪烏斯（射出）』！」

魔女緊貼在他旁邊。

她的額頭滲出汗水，嬌豔雙唇吐出蘊含真實力量的語句。

從手杖前端射出的力箭（Magic Missile），往食岩怪蟲身上降下，然而。

「CEENNTTTTTTII！」

食岩怪蟲若無其事地用甲殼彈開箭，彷彿只是在把雨滴擋掉。

不過，就算沒有受到傷害（Damage），似乎還是會覺得煩躁。

牙齒咬得嘰嘎作響的下巴大大張開，怪蟲一口氣襲向魔女。

「危險！」

「啊……！」

幸好長槍手故意不攻擊，在一旁待命。

他往旁邊一跳，抱住魔女迴避（reaction），在千鈞一髮之際閃過怪蟲的牙。

食岩怪蟲刺進地面，蠢動著纖細的手腳，深深潛入地底。

該慶幸牠逃走了，可是陣陣地鳴告訴眾人，怪蟲正準備發動下一次奇襲。

「……對不起，喔。」

「別在意——是說這樣就不能亂動了！」

魔女不曉得是不是腿軟了，動彈不得，癱坐在原地，長槍手護著她蹲低身子。

無法判斷下次那個大顎會從哪竄出來。

正下方的話就是致命一擊（Critical Hit），直接再見。

「這樣看來，不可能用法術壓制住……」

拔出背上的**闊劍**擺好架勢的重戰士，冷靜地環視周圍。

狹窄的坑道中有十幾位冒險者，對於不知道會從哪裡出現的大顎恐懼不已。

——搞不好會被一網打盡。

「法術優先用在輔助上，用物理攻擊殺死牠！喂，輕裝的傢伙退到後面去，通知本隊！」

「喔、喔！」

「有遠距離武器的人留下——」

「哇啊啊啊!?」

女性的慘叫聲，打斷重戰士下達命令。

只見一名弓箭手臉部被黏液怪裹住，拚命抵抗。

黑色焦油狀的黏液每蠢動一下，就會冒出白煙，肉燒焦的味道飄散出來。

「啊、啊啊、啊、啊啊!?救、救、救救我!?」

女性發出含糊不清的哀號聲，猛抓脖子，倒在地上掙扎。
她的團隊試圖用塗抹抗酸藥液的武器除去黏液。
然而，那人的臉部卻被黏液怪活生生溶解、吞噬。
——沒救了。
「黏液怪!?」
「被夾擊了嗎……！」
那類型的黏菌系，經常從頭上偷襲。
女騎士板起臉，將閃耀光芒的劍——聖光(Holy Light)指向上方。
在洞頂蠢動的大量黏液怪，剛好在從狹窄的岔路冒出。
「這種地方應該沒有坑道啊……！」
「是哪個白痴挖的吧！」
女騎士聲音緊繃，重戰士怒吼著回應。
骯髒、狹窄的岔路，彷彿會有**小鬼還是什麼東西**棲息在其中。
不可能由我方攻進去——要嘛把洞堵住，要嘛清掉牠們。可是時間不足。
再繼續拖拖拉拉，所有人都會被食岩怪蟲吃掉。
「這個……」半森人輕劍士皺著眉頭。「說不定反過來了。」
「什麼？反過來？」

「不是黏液怪被食岩怪蟲趕出來。」

半森人輕劍士沒有鬆懈，一面注意情況，點了下頭說。

「因為我們在食岩怪蟲經過的路線尋找金礦，所以黏液怪才聚集在那裡獵食……」

「也就是共生……」少女巫術師（Druid）面色僵硬。「我們是飼料嗎!?」

「好了，複雜的事之後再說！」

女騎士吶喊道，揮下信仰之證及可靠的十字劍。

「在被吃掉前殺了他們！」

「這種頭腦簡單的人真的能當上聖騎士嗎，喝！」

重戰士用闊劍的劍身擊殺一隻黏液怪，抬頭望向夥伴們。

「看來沒辦法跟本隊會合了。喂，來個強化法術（Enchant）！」

「是、是！」

「我這邊也拜託了！」

「好好，好……」

少女巫術師僵著臉開始祈禱，魔女以手杖為支撐，詠唱咒文。

下一刻，重戰士的大劍便開始熊熊燃燒，長槍手的長槍亮起魔力的光。

「『我等司掌審判的神啊，請守望吾劍免於制裁善人』！」

女騎士也向至高神祈求神蹟，對自己的武器附加「祝福（Bless）」。

地面震得很厲害，黏液怪蠢蠢欲動，從洞頂像碎石似的掉下來。

「喂，其他人負責黏液怪！別讓牠靠近這邊！」

「好！拜託了！」

重戰士命令一下，周圍的冒險者便慌慌張張排好陣形，其中。

——放馬過來……看我殺了你。

年輕戰士獨自拿著劍，集中精神。

因此，頭上傳來不祥震動時，他已經早一步望向上方，高高舉起劍。

「在那裡！」

洞頂崩塌。岩石落下。巨大的大顎迅速逼近。那女孩就是被那個下巴咬碎的。

——那孩子的身體，留在這傢伙體內！

思及此，戰士腦內彷彿有一陣白光炸裂。

戰士雙手刺出鋼劍，毫不在意怪蟲的牙齒刺進手臂，彷彿要與牠同歸於盡。

他使盡渾身的力氣，將劍柄刺到怪蟲的喉嚨深處，溫熱液體從頭頂澆下。

接著，戰士便像突然斷線般，意識沉入黑暗之中。

© Shingo Adachi

§

**他**發現自己之所以暈厥了一瞬間，是因為被石頭擊中。

臉埋在泥水裡面，雨水從頭盔縫隙間滲進來，差點窒息。

雖說哥布林力氣不大，假如沒戴頭盔，搞不好就完了。

他用兩手撐著身體，試圖站起來，背部卻傳來強烈衝擊，害他倒抽一口氣。

是棍棒。

在他理解前又是一擊，又一擊，一擊，一擊。

不知道裡面是不是混著斧頭或其他武器，皮甲跟鎖子甲遭到重擊，肉和骨頭痛得彷彿要裂開。

幾乎與被火灼燒無異的痛楚，令他吐了口唾液。唾液有股鐵鏽的味道。

「ＧＯＲＯＧＲ！」

「ＧＲＲＢ！ＧＯＯＲＯＧＲＢ！」

哥布林在笑他。

嘲笑愚蠢的冒險者，以蹂躪他為樂，然後肯定馬上就會殺進村莊。

之後會發生什麼事？

——絕對不可以離開這裡唷。

他的手插進泥巴裡。骨頭吱嘎作響，彎曲膝蓋，氣喘吁吁，撐起沉重的身體。

「GOOBRGBOG！」

這次換成下巴遭到重擊。他被棍棒打得仰躺在地上。

雨滴穿過頭盔的面罩落到臉上，全身溼成一片，很冷。

他閉上眼睛。玩泥巴會被姊姊罵。張開眼睛。頭被拉了起來。

哥布林抓住頭盔上的角。

他被拉起來跪在地上，視線範圍內全是小鬼醜惡的笑容。

他努力動手握住劍。

掉在泥巴裡的劍，大概是在他揮舞時不小心弄斷了。

除了劍柄和劍鍔，劍身根本沒剩多少，因此他直接放開手。

「……」

腳邊的泥巴濺了起來。小鬼嘲笑他，低級的笑聲在頭盔中迴盪。

他茫然看著小鬼舉起的棍棒。

再過幾秒，那根棍棒就會揮下來，打碎頭盔，打裂頭蓋骨，打爛腦袋。

一下不行就兩下，或三下。

會死。

他覺得那一晚彷彿從身後追上了他。

老師說過，走馬燈這種鬼東西哪可能存在。

給我仔細想想該怎麼辦，直到死為止。

該怎麼辦？

他默默垂下目光。

他知道姊姊的遭遇。

自己默默看著那件事發生。

他知道入侵村莊的哥布林會做什麼。

也知道跑到鎮上的哥布林會做什麼。

腦海浮現幾個人的面容。那個女孩。牧場主人。公會的櫃檯小姐。冒險者。

——管他的。

他深吸一口氣，吐出。

要是自己不在怎麼辦，這種想法未免太過狂妄。

毀了一座村子，世界仍會繼續轉動。死了一個人類，世界仍會繼續轉動。骰子仍會繼續擲出。

所以，他將注意力集中在當下。

前面的哥布林手持棍棒，抓著角的是後面的哥布林。

雙手可自由活動。他轉動鐵盔下的眼球，眼前的哥布林手持棍棒。
那後面的哥布林呢？頭轉不了。他移動視線。
瞥見哥布林腰帶上插著一把短刀。
刀柄是鷲頭形的短刀。他看過那把刀。沒有刀鞘。
——管他的。
他的右手迅速一伸。
「GBOR!?」
用手指勾住鷲頭的嘴巴，從腰帶抽出短刀，反手握住，揮下。
僅此而已。
不過，只要用短刀從肩膀刺進去截斷脊髓，哥布林就會死。
「GOROBOGOROBOG!?」
正準備揮下棍棒的小鬼，就這樣倒下來一命嗚呼。
傷口發出有如笛子的咻咻聲噴出血液，跟雨水混在一起，淋到他身上。
從後面抓住頭盔的角的哥布林，在嚷嚷著什麼。
——管他的。
他已經扔掉右手拿著的短刀，從斃命的哥布林手裡搶走棍棒。
往自己的肩膀狠敲下去，小鬼的腕骨便發出喀嚓一聲。

「GBOGROB!?」

刺耳的慘叫聲。小鬼按住手臂向後仰，頭盔的角被折斷，掉到地上。

——管他的。

他回頭用棍棒毆打小鬼的頭。

頭皮比想像中還軟，棍棒被爛掉的頭蓋骨包覆住，彎成く字形。

他從眼珠子爆出來的哥布林屍體上，粗暴地取走斧頭。

背部非常痛。八成是因為剛才被這把手斧砍中。

——管他的。

他用力甩下手斧，毫不猶豫將其扔出去。

斧頭在空中旋轉，命中悠悠哉哉的小鬼頭部。

是剛才用投石索砸他的小鬼。他心想，比贏得檸檬水還簡單。

「這樣就……十加、三……！」

他吞下口內黏稠的液體，怒吼道。

將手伸進雜物袋裡取出瓶子，是活力藥水(Stamina Potion)。拔出栓子，一口氣喝完。

令喉嚨深處陣陣發熱的苦味，直接流進胃部。

全身立刻變暖。傷口並沒有痊癒，不過感覺恢復了。

有感覺就代表自己沒死。不成問題。

被他扔掉的小瓶子陷進泥巴裡，沉入水中，消失不見。

「剩下……」

大雨滂沱，風呼嘯而過。

彷彿被用墨水塗黑的夜幕另一側，搖曳著疑似第三隊的鬼火。

他用腳尖踢翻哥布林屍體，找到合適的劍就從腰帶抽出來。

正想把劍收回鞘中，卻發現跟自己的劍鞘大小不合，只得拿在手上。

真是，之前到底都在煩惱什麼？

明明**武器庫**會主動走過來。

「十四……！」

一隻哥布林準備從柵欄縫隙入侵時，他撲了過去。

「GOORBGRB!?」

喉嚨被刺穿的小鬼吐著血沫斃命，劍還埋在裡面。

他任屍體倒向後方，順勢從哥布林的腰帶拔出短劍，使勁揮下。

「GOOBG!?」

「十五。」

劍刃插進頭蓋骨，後方的哥布林就這樣往後倒下，濺起泥水。

「GOOROG……！」

© Shingo Adachi

「GRORB！」

哥布林瘋狂大叫，但這不關他的事。

他踩住腳邊的屍體，硬把劍從喉嚨拔出來。

血脂黏在劍刃上。反正很快會有其他劍給他替換。

他在泥濘中拖著腳步走向前。

哥布林很膽小，他們不會願意送死，為同伴報仇什麼的更是絕無可能。

可是眼前的敵人只有一個。而且多虧這傢伙殺掉他們的同伴，分母少了不少。

趁現在襲擊這座村莊的話，自己就能取得大量的女人及食物。

「GOGBRRG！」

「GORB！GOOBBGR！」

到頭來，欲望似乎還是勝過了恐懼。

哥布林搶著上前，一同襲向他。

「十六……十七！」

用盾牌將拿著短劍撲過來的小鬼砸進泥中。

趁那傢伙痛得呻吟的期間，揮劍砍斷右邊的小鬼喉嚨。

雨水及泥巴飛濺，血沫噴出。

他反手持劍，從後腦勺貫穿在汙泥中掙扎的哥布林的延髓，橫向刨開。

「GORBBGR!?」

「剩下二……」

扔掉劍，迅速用看起來像要跌倒的動作躍向後方。

哥布林的屍體被棍棒擊中，化為肉泥。

以同伴的死為誘餌，企圖取他性命。拿著棍棒的小鬼忿忿不平地哀叫。

他把手插進泥中，抓住剛才丟掉的小瓶子，扔出去。

「GBBB!?」

慘叫聲。

推測是基於臉部被瓶子打中，以及泥巴跑進眼睛的疼痛。

他暫時無視用雙手遮住臉，身體後仰的哥布林。

奔向前方，盾牌用力撞上拿著短槍的另一隻哥布林。

「GBRRGBOG!?」

「還剩，一……！」

論體格、重量差距，凡人（Hume）更有利。何況他還穿著皮甲。

他將體重施加在雙手上，掐斷被固定在泥巴裡的哥布林的頭。

踩爛臨死前還在抽搐的那傢伙的顱骨，給予最後一擊。

從屍體手中搶走短槍，衝向那隻總算把臉上的泥巴擦掉的哥布林。

「GOROOROGBGB!?」

「十、九……！」

看來只是削尖木頭綑上石塊做成的槍，也足以挖出心臟。

暗紅色血液噴出，哥布林雙手在空中抓著，最後斷氣。

他拿槍撐住身體，用能讓它刺得更深的姿勢靠上去，吐出一口氣。

吸氣。吐氣。吸氣。吐氣。吸氣。吐氣。吸氣。吐氣。

喉嚨深處有股血腥味。真想直接倒進泥巴。頭好痛，眼皮好重。

大腦深處的某個角落，在叫他冷靜下來。快喝解毒劑。

小鬼的體液、骯髒的刀刃、雨水、泥巴。細菌會從傷口跑進體內喔。我知道。

他像幽靈似的搖搖晃晃站起來，從雜物袋取出小瓶子。

真虧他剛剛沒把這東西跟活力藥水搞混。可見他靠用手觸摸就能分辨的工夫了得。

他焦急地用手指拔出栓子，一口喝光苦澀的藥液。

「……呼。」

結束了。

應該結束了。

感覺不到異狀。連他自己都不敢相信。

雨仍在下。太陽沒有要升起的跡象。他活著，小鬼死了。

他特地製作、在這種天氣也不會熄滅的火把，還在冒煙燃燒。

再也不在平原對付小鬼了。適合那些傢伙的地點是洞窟。自己也一樣。

「…………唔、啊。」

胃部突然有種被人用力掐住的感覺，他跪倒在地。

啪唰一聲，混合內臟、雨水、血液的泥巴濺起。

肺無法順利吸收空氣。他一把抓下鐵盔。

兩手撐在地上，張開嘴巴。沒辦法吸氣。沒辦法吐氣。

過去的景象如閃光般掠過腦海。姊姊。熊熊燃燒的村莊。被吊起來的屍體。小鬼們。西風。

他吐出灼燒喉嚨、從口中溢出的東西。幾乎全是胃液。

嘔吐了一陣子，他深深吐出一口氣，將水袋裡的水硬灌進嘴巴。

漱口，吐出來，把水灌進胃部，擦乾嘴角。

然後用泥土蓋住嘔吐物，收拾殘局後，慢慢戴回頭盔。

他甚至覺得血腥味、汗味、嘔吐物的臭味附著在身上。

他轉動頭部——鐵盔的兩根角都斷了，變得輕盈許多的頭部。

屍橫遍野。從故意開出來的柵欄縫隙附近，到村子外面，全是屍體。

一隻、兩隻、三隻、四、五、六七八九、十、十一、十二、三四、五六七、八、九……

「十九……十九？」

他歪過頭。踩過哥布林的屍體，拔出石槍。

泥水四濺，他快步走回村裡。柵欄、河川。水聲……水聲。

他舉起槍。一步、兩步、三步。投擲。

在河邊企圖爬過木樁的小鬼，慘叫著墜落。

「……二十。」

那就是最後的哥布林。

沒有人跟他說，這樣就結束了。

# 第8章『戰鬥結束』

Ending Phase

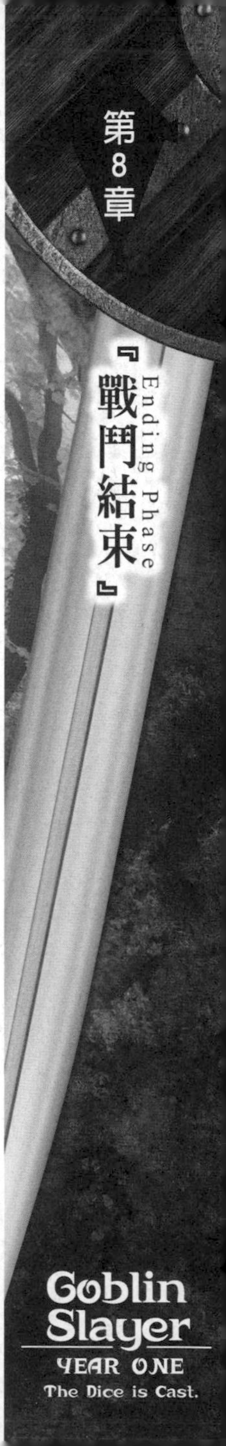


院長叫少女無論外面傳來什麼聲音，都絕對不可以開門。

所以即使聽見夾帶雨聲的粗魯敲門聲，她也沒有下床。

其他孩子應該也是一樣。每隔幾秒門就會被敲響，卻誰都沒有起床。

院長也沒有要起來的跡象，看來只有她一個人醒著。

——不過，應該可以看看是誰吧。

因此，少女輕輕滑下床。

在大房間裡擠成一團的孩子們，全都裹著毯子一動也不動。

因為他們很膽小。少女雖然這麼心想，卻也找了打掃用的掃帚抓住。

雙手緊緊握住掃帚，提心吊膽走在深夜的寺院。

為了避免浪費，寺院的蠟燭很早就吹熄了，現在真的一點光都沒有。

禮拜堂鴉雀無聲，交易神的雕像也罩上一層影子，顯得莫名莊嚴。

在外面肆虐的暴雨——不對，是狂風的聲音很大，聽起來像在迴盪著。

她有點後悔跑出來，走向門，又是一陣敲門聲。

「……是誰──？請問有什麼事……？」

隔了一瞬間，無比低沉的聲音隔著木門回答：

「工作結束了。來報告。」

少女臉上綻放出笑容，著手開門。

她握住上了油的門閂，「嘿咻！」把它抽出來。

院長叮嚀過她「外面傳來什麼聲音都不能開門」，卻沒有說「誰來都不能開門」。

──那就沒關係囉！

門閂滑向旁邊，寺院的門慢慢敞開。

果然，頂著狂風暴雨站在外頭的，是一名男子。

男子的臉孔浮現在黑暗中，是這兩天打過好幾次照面的冒險者。

廉價的鐵盔、骯髒的皮甲，腰間的刀鞘掛著一把劍，手上綁著一面圓盾。

硬要說有什麼差別，就是頭盔的角兩邊都斷了吧。

他一腳踏進禮拜堂，泥水滴滴答答滴到地上。

「你解決掉哥布林了嗎!?」

「嗯。」他說。「殺了。」

這直接的說法，令少女表情有點僵住。

一步步走近的他身上，散發出少女從未聞過的異臭。

泥巴跟汗味。其他的是？他對微微動著鼻子的少女說：

「有治療藥或治癒的神蹟嗎。」

「沒有。」少女搖搖頭。「院長說神沒有授予她神蹟。」

那藥呢？少女只在故事書裡看過治癒藥水（Potion）的存在。

「……是嗎。」

聽見少女的回答，他似乎深深嘆了口氣。

少女眼中只看得見黑色的輪廓，不過，他應該很累吧。

——畢竟他剛打過一仗。

少女認為這很正常。工作也會累，玩遊戲也會累。

「欸，你要不要休息一下？還是要回家？」

「回家？」

因此，這是十分理所當然的問題，她並沒有多想些什麼。

然而就少女看來，他似乎發自內心感到疑惑。

「……回家。」

他喃喃自語，彷彿這輩子從來沒講過這句話。

回家。回家。回家。像要咀嚼後吞下去般，再念一次。

不久後，鐵盔慢慢動了下。

「嗯。」

一副他自己也不相信的語氣。

「回家。」

「這樣呀。」

「有人，」他用一副自己也不相信的語氣說道。「在等我。」

少女點頭。

她本來打算硬把他拉進來休息，不過……

——想回家就回家吧。

對少女而言，這棟寺院就是那樣。五年前，她跟連長相都不記得的雙親天人永隔。

不過，他肯定跟自己不一樣吧。

「那，呃，謝謝你囉？」

「不會。」

他緩緩轉身，推開門走進雨中。

少女對他的背影投以自己也不知道該怎麼說的話語。

他搖搖頭，用一如往常的冷靜語氣回應：

「沒問題。」

接著，門發出巨大聲響關上。

少女「嗯」一輕輕點了下頭，在昏暗的禮拜堂內小跑步，鑽回床上。

當晚，她夢見奇怪的夢。

醒來就會消失的曖昧不明、虛幻的夢。

事實上，少女的確將自己在夢裡拿著聖劍一事忘得一乾二淨。

§

「嗨，你醒啦。」

那名戰士醒過來時，躺在隨便鋪在石頭地上的草蓆上。

他想坐起來，頭部卻配合心跳的規律，傳來彷彿要炸開的劇痛，動彈不得。

仔細一看，手腳都纏著繃帶，從觸感判斷，額頭好像也有。

年輕戰士乖乖放棄，躺回草蓆上。

「這裡是？」他開口詢問，乾燥的喉嚨痛得像要裂開一樣。「那傢伙呢……？」

「地母神的神殿。」

「地母神……」

「走在街上就會看到，你不會不知道吧？」

回答他的，是貼心地坐到他旁邊的重戰士。

重戰士也全身上下都纏著繃帶，但他的表情看起來挺放鬆的。

「他們把禮拜堂當成簡易醫療所給我們用。」

戰士無力地躺在地上，茫然望向室內。

陽光從窗戶照進來，可見已經天亮了。

傷痕累累、筋疲力竭的冒險者們呻吟著，神官們俐落地四處走動。

一下餵水，一下餵食物，幫動不了的人擦汗，誠心誠意照顧傷患。

年輕戰士的傷口，想必也是那些神官幫忙處理的。

否則被那隻大蜈蚣咬到，不可能只受這點傷。

站在中央指揮的——是那個銅等級的頭目。

看他卸下鎧甲的左手臂吊在那邊，應該也經歷過一番激戰。

一切都憑外觀判斷的自己，到底有多麼愚蠢啊。

「哎，能活下來就夠幸運囉。我也是，這些傢伙也是。」

「……是。」

同隊的輕戰士、少年斥候（Scout）、少女巫術師（Druid），都用不同的姿勢在休息。

不知為何，女騎士靠在重戰士身上睡覺，感覺挺重的……

「那隻該死的蟲呢？」

「死了。」

簡潔有力的回答。

年輕戰士躺在地上握緊拳頭，重戰士聳聳肩說：

「但不是你殺的。」

那之後可辛苦的咧。重戰士接著述說的，是冒險者和怪蟲展開的死鬥。

喉嚨被刺穿的食岩怪蟲瘋狂肆虐。源源不絕的落石。湧出來的黏液怪。

冒險者們一邊剷除如海嘯般湧上的黏液，英勇奮戰。

他們判斷既然不可能與本隊會合，只能打持久戰。

用武器攻擊黏液，趁隙襲向食岩怪蟲。

過沒多久，本隊趕來支援後，冒險者便一舉反攻——

「那個愛耍帥的長槍手刺穿了蜈蚣頭，然後就結束了。」

「……是嗎。」

「人生就是這樣吧。」

不曉得他如何理解年輕戰士的反應，重戰士用力板起臉。

或許是想到了不好的回憶。

「沒辦法跟想像中一樣順利。」

重戰士說道，望向靠在他肩上睡覺的女騎士。

她沒有戴著當時戴的鐵盔。

年輕戰士詢問怎麼了，重戰士笑著搖頭，指向融化、鏽掉的鐵塊。

「臉放著就會痊癒，這東西可救不回來。」

他笑著用粗糙的手指戳女騎士的臉頰。

能夠以美麗形容的她的臉龐，不悅地皺起眉頭，重戰士又笑了。

「不過女人的臉萬一留下燙傷的疤痕，代價可是很高的……」

這麼一想……這頂頭盔確實完成了它的任務。

雖說騎士不是世襲制，只要按部就班地當隨從修行，就能受封。

就這樣以貴族或騎士的身分，當上聖騎士為聖堂或國家效命，也是一個選擇。

她之所以成為冒險者，肯定也有相應的理由。

「……我也是一路跌跌撞撞地走過來。大家都一樣。」

「……是啊。」

這名重戰士是如此，自己肯定也一樣。

「不過，最先傷到牠的是你。你已經盡力了吧？」

年輕戰士沉思片刻後，只應了一聲「嗯」，閉上眼睛。

自己已經盡力了。

自己這個頭目已經率領好團隊了。

第一次遇到那傢伙的時候，也設法讓大家逃走，只有一個人犧牲。

其他同伴雖然都離開城鎮，自己仍然在這裡當冒險者。

衝向那隻大蜈蚣——食岩怪蟲的大顎，使勁刺中牠。

應該已經盡力了。

——所以，抱歉，原諒我吧。

腦中浮現聽起來像藉口的話語，對那名已經不在的少女訴說。

接著意識便再度沉入黑暗，彷彿融化在其中。

§

「那個，不好意思，可以立刻幫我拿退燒藥草來嗎！」

「啊，好的！」

那名侍祭（Acolyte）是看不出有沒有滿十歲的年幼少女。

她當然還沒有神官的資格，也稱不上聖職者見習生。

滿是補丁的樸素法衣長度並不合身，或許是因為她身材嬌小。

她捲起神殿發給她的法衣的下襬及袖子，忙碌地在禮拜堂奔跑。

藥草種在神殿的藥園，是非常重要的侍奉活動的一環。

從固定的櫃子中，拿出之前摘下來晒乾的藥草，再跑回去。

站在腳蹬上踮起腳尖，才好不容易搆得到，可是不能抱怨。

「我拿來了！」

「謝謝。這邊沒問題了，去其他地方幫忙吧。」

「是！」

她將藥草交給神官前輩，露出疲憊又堅強的笑容，再度跑出去。

在前輩溫柔目光的注視下跑走的少女，跟其他多數神官一樣，是孤兒。

五年前的戰爭接近尾聲時，聽說她被遺棄在神殿門口。

今年十歲。完全稱不上能獨當一面，倒是可以幫忙治療。

「喂，這傢伙也麻煩了！」

不過並不會因為這樣，就真的叫她處理傷患。

突然被人叫住，流著汗東奔西跑的她驚訝地停下腳步。

一名扛著長槍的美男子冒險者，用肩膀撐著身穿皮甲的冒險者站在那裡。

「咦？啊，我、我嗎？」

「嗯。抱歉，在妳這麼忙的時候叫住妳。告訴我該讓這傢伙躺在哪就好。」

長槍手應該也沒打算把傷患交給這名年幼的少女治療。

「請往這邊來。」

侍祭點點頭，將長槍手帶到禮拜堂內。

裡面擠滿受傷的冒險者，不過長椅跟地上還有可以讓人睡的空間。

神官的房間也可以使用。不成問題。

「這個人也，呃，那個，跟蜈蚣戰鬥過……？」

「不，這傢伙是去殺哥布林吧。」

「咦？」

「他倒在城鎮入口，我就把他撿回來了。真是，有夠礙手礙腳。」

長槍手讓他躺到鋪在地上的毛毯上，悶悶不樂地說。

仔細一看，那名身穿骯髒皮甲的冒險者，全身沾滿暗紅色的血液及泥巴。

得幫他擦乾淨，處理傷口才行——雖然她還沒有那個能力。

「那我走囉，交給妳啦！」

「啊，好、好的！」

但人家都拜託她了，這也沒辦法。

侍祭對瀟灑離去的長槍手點了好幾下頭，目送他離開。

——對了，聽說解決掉蜈蚣怪物的，是用長槍的冒險者……

是那個人嗎？

她感到疑惑，啪噠啪噠地在禮拜堂內小跑步，徵求前輩的指示。

「我們這邊忙不過來，不是重傷患的話之後再說！」

「吶，替換的繃帶在哪裡!?」

「聽說換繃帶容易死……」

「又不是重複利用，是乾淨的繃帶，不會有事啦！」

之後再說。聽見忙得焦頭爛額的前輩們的回應，侍祭杵在原地。

然而，現在沒有時間給她發呆。

「來，繃帶給妳！拿去洗乾淨！」

「啊，是、是！」

她接過一堆染上暗紅色髒汙的繃帶。

雙手捧著大量繃帶趕往洗衣場，瞄了牆邊一眼。

是剛才那個坐在地上，低著頭癱在那邊的冒險者。

──有沒有什麼是可以為他做的？

可是，她又能做什麼？

侍祭不知道。再累積多一點經驗，大概就會明白。

對十歲的少女來說，是個很難的問題。

她在洗衣場搓洗髒掉的繃帶，雙手被水凍得發疼，邊洗邊想，還是不知道。

繃帶一泡進去，水就立刻染成暗紅色，感覺換幾次水都洗不乾淨。

換水，搓洗，換水，搓洗，換水，搓洗，換水，搓洗……

默默工作的期間，侍祭突然發現自己心中有塊空白區域。

手持續動著。思緒也依然維持清晰。

不過在意識之中，有塊空蕩蕩的——有一塊空白，自己則飄在那裡。

——是什麼呢？

她心不在焉地想，心情卻平靜得不可思議。

水聲感覺離自己很遠。肌膚感覺到的水溫也是。禮拜堂傳來的喧囂聲也是。

感受著一切，卻身在與一切隔絕的地方。

天空。

侍祭睜著眼睛，在內心閉上眼；搓著繃帶，在內心雙手交握。

那是自然浮現的行動，對侍祭來說極其理所當然的行動。

——守護，治癒，救贖。

地母神的教誨之根基。最重要的事物。

這些突然與那名倒在牆邊的冒險者連結在一起。

——慈悲為懷的地母神呀，請以您的御手撫平此人的傷痛。

這時，侍祭有股被什麼東西包覆住，拽上來的錯覺。

手中——不曉得是內心的手中，還是現實的手中——發出淡淡光芒。

她幻視到像泡沫般飄起來的光芒，飛向**他**身邊。

「唔、啊……!?」

緊接著，沉重的疲憊感襲來，壓在她身上，侍祭忍不住吐出一口氣。

侍祭感到一陣頭暈目眩，彷彿天地翻了過來，手插進洗衣桶裡撐住身體。

感覺類似耳鳴，周圍的聲音一下子恢復。

混合肥皂與水，以及血腥味的味道，竄入鼻尖。

「呼……呼……呼……咦……?剛、剛才……那是……」

額頭不知何時滲出汗水，一滴滴落進水桶。

還沒有人發現——神蹟發生了。

# 第9章『冒險與冒險之間』

After Session

「喂——櫃檯小姐，幫我處理這個委託！」

「是——！」

冒險者公會今天也相當熱鬧。

出現一隻大型怪物，將其殲滅，並不代表就此結束。

每天她們都得踏上冒險之旅，跟文件山戰鬥。

在街上鬧事的盜賊、占領要塞的邪惡魔法師、盯上大人物的女兒的吸血鬼。

聽說半人馬的部族還要攻過來，雖然只是傳聞。

再加上剿滅哥布林。

已經稱不上新人的櫃檯小姐，像隻陀螺鼠般跑來跑去，賣力工作。

接待委託人，承接委託，整理成文件後貼到布告欄上，為來接委託的冒險者服務。

好不容易到了中午，吃完午餐又得工作。幾乎沒有休息時間，頭都快暈了。

即使如此，她仍然面帶笑容的原因，是那些抽空擬好的文件。

「那是什麼？」

「呵呵呵，這個是……！」

疑似對此產生興趣的同事，叼著三明治從旁邊探出頭。

櫃檯小姐笑咪咪地拎起文件，攤開來給她看，她眨了眨眼。

「升級審查的申請書？」

「對呀！」

「噢，之前的食岩怪蟲委託也派了不少白瓷級出去呢。」

冒險者等級是根據實績、過去的報酬金額、對周邊地區的貢獻度、人格等項目審查。

驅除占領一座礦山的怪物，影響相當大。

只要人格沒有太大的問題，照理說都可以順利升級(Level Up)。

同事卻「嗯？」不解地歪過頭。

「欸，我記得這個人不是沒參加那個任務嗎？」

「啊，是的。這個人沒有參加。」

櫃檯小姐晃著辮子，點頭表示肯定。

她卻驕傲地拿起他的冒險記錄單秀出來。

「可是，他很努力喔，一個人，非常努力。」

「哦……」

同事把三明治塞進口中，興味盎然地望向那張記錄單。

技術，嗯，標準或低於標準。

至於完成的冒險，哥布林、哥布林、哥布林、哥布林、哥布林、哥布林……

——這麼說來，難怪最近哥布林的委託不太會剩下。

「這就是所謂的積沙成塔嗎。」

同事一副了然於心的模樣喃喃自語，用很有至高神神官氣勢的銳利目光，盯著櫃檯小姐。

「妳沒動手腳吧？」

「怎麼可能！」

「那就好。」

同事說著「很好很好」，挺起胸膛高高在上地點頭，櫃檯小姐只能苦笑。

她將手上的麵包屑拍掉，對櫃檯小姐眨了下眼。

「嗯，沒什麼不好的呀。誰都會有一兩個想為他打氣的冒險者。」

「……妳之前不是這樣說的吧？」

「時間和場合不同，說的話也會不一樣囉。」

「什麼嘛。」

兩人輕笑出聲。

休息時間也快結束了。之後又得開始工作。

除此之外還有很多要升級的冒險者，想必她暫時得忙於處理文件。

「反正會工作到很晚，今晚要不要一起喝杯酒？」

「不錯呀。沒累倒的話。」

「那就這麼決定囉，沒累倒的話。」

櫃檯小姐笑著點頭，轉身面向自己的桌子。

同事正準備離開，又探頭湊過來。

「欸，那個人最近是不是被取了個綽號？」

「噢。」櫃檯小姐點頭，臉上浮現笑容，彷彿在炫耀自己的事。

「其實呀，他——」

§

「對了，最近好像有個怪人出沒。」

「那個打扮很奇怪的傢伙吧。」

「鎧甲和頭盔看起來超廉價。」

「是不是開口閉口就是哥布林？每次來公會我都會看見他。」

「既然是白瓷級，只接剿滅哥布林的委託也是沒辦法的事吧？」

「在習慣前為止就是這樣囉。」

「哥布林超難搞的……我再也不想看見他們。」

「有那麼辛苦嗎？那可是哥布林耶。」

「然後呢？那傢伙怎樣了？」

「沒有啦，聽說他已經升上黑曜等級。」

「哦，那他也有參加那個食岩怪蟲任務囉？」

「他只有接哥布林。」

「數量一多，也會累積成經驗分數的意思。」

「畢竟是單獨行動嘛。」

「好像有人邀他參加其他冒險，不過都被拒絕了。」

「他只殺哥布林吧？」

「哥布林、哥布林、哥布林、哥布林嗎。」

「那他就不是邪龍殺手，而是——」

§

**他**沒有立刻意識到那是在叫自己。

在公會報告完，正好踏出室外時。

街上吵鬧、熱鬧的聲音。初夏的暖意及陽光。

他將這些湧進鐵盔的聲音驅散，慢慢回頭。

「我嗎。」

「除了你還會有誰。」

站在那裡的，是年輕戰士。

他想了一下這人是誰，想起來後靜靜點頭。

「……是嗎。」

「你的傷沒事了？聽說你被哥布林搞得很慘。」

「嗯。」他點頭。「沒問題。」

令人驚訝。

精疲力竭、身負重傷，長時間在雨中行動，最後耗盡力氣。

不知道是誰把他送到神殿，也不知道是誰為他治療。

不過，全身的傷奇蹟似的痊癒，連體力都徹底恢復。

本來起碼得休養幾天。

「我也是。哎，我們都是靠身體吃飯的，沒事最好。」

年輕戰士拍拍他的肩膀，他思考片刻，緩緩歪過鐵盔。

「冒險嗎。」

「嗯。」年輕戰士用手指抹了下人中，笑道。「去下水道除老鼠。」

「是嗎。」

「雖然夥伴都不在了，我打算先從能一個人解決的委託開始做起。」

年輕戰士動作雖然還有點僵硬，聳肩的態度倒挺自然的。

他隱約想起年輕戰士失去夥伴，在酒場失魂落魄的模樣。

「……是嗎。」

看到他點頭，年輕戰士露出彷彿看見什麼耀眼事物的表情。

然後用拳頭敲了下骯髒皮甲的胸甲。

「有什麼事記得叫上我。」

「唔……」

「畢竟我們同一天成為冒險者。」

他沉默片刻，點頭回答「知道了」，聲音僵硬又低沉。

「就這麼辦。」

「嗯。」

大概是聽見他的回應很高興吧，年輕戰士露出神清氣爽的笑容。

「那你呢？又要去殺哥布林？」

「不。」

他慢慢搖頭。

「要回家。」

他正準備邁步而出，忽然停下腳步。

「你剛說的那是什麼？」

「嗯？」年輕戰士面露疑惑，接著意識到原來他不知道。「你的綽號啊。」

「綽號？」

沒錯。年輕戰士得意地笑了。你的綽號。

「哥布林殺手（專殺小鬼之人）。」

§

「唔、唔……」

她在房間對水桶裡的水不停沉吟。

三番兩次用手中的剪刀對準映在水面上的瀏海——然而。

——我、我不知道要怎麼剪……！

之前她都不怎麼在乎髮型，隨手亂剪，現在遭報應了。

早知如此，平常剪頭髮就該更仔細一點。事到如今，後悔也來不及。

乾脆請人幫忙剪好了，可是這也有點不好意思。

——因為，那個，嗯。

剪頭髮的理由。

若是當時請他們擔任護衛的女魔法師，或許不會笑她。

——但這又不適合拜託冒險者。

兩人關係並沒有好到能稱之為朋友，請他們擔任護衛也是有花錢的。

她用手指抓住瀏海，剪刀湊過去又移開，這樣剪也不對，那樣剪也不好，煩惱了一陣子。

「啊——討厭……！」

算了，船到橋頭自然直。牧牛妹做好覺悟，剪刀對準瀏海。

喀嚓。

金屬與金屬的摩擦聲響起，瀏海從眼前掉落。

她放下剪刀，戰戰兢兢地以水面當鏡子……

「嗯……？」

看不出剪得好不好。

——不過，不再修一下絕對會很慘。

都有個起頭了，非得要做到最後才停得下來。

這個想法閃過腦海，牧牛妹微微苦笑。

他一定也是這樣。

「……好！」

牧牛妹用力拍了下臉頰。

然後再度拿起剪刀，大膽剪掉頭髮。

掉到地上的頭髮越多，頭的重量就越輕，視野也越來越清晰。

——為什麼一直放著它不管呢？

講出來說不定挺好笑的。到目前為止，她從來沒有關心過頭髮長度。

如今她意識到了，所以能像現在這樣，減輕一些負擔。她心想，這樣就好。

「差不多……了吧？」

她用手梳順頭髮，整理瀏海，看著映照在水面的臉自言自語。

——應該，不會很奇怪吧。

也許該多練習幾次。等頭髮留長再來挑戰吧。

她邊想邊收拾剪刀跟水桶，拿掃把將剪下來的頭髮掃在一起。

女性的頭髮是貴重物品，可以用來做假髮或繩子，以及驅魔用。

「……護身符嗎。」

要不要給他？

——不不不，太難為情了。

而且這實在有點，對不對？牧牛妹一個人在那邊揮手否定，用油紙包住頭髮。

「唔、唔……」

可是，頭髮交給素未謀面的人也有點難為情。怎樣比較好？

在她來回踱步之際——

「哇!?」

外面傳來最近聽習慣的大剌剌腳步聲。

牧牛妹急忙把頭髮扔進櫃子，頻頻用手梳頭，走向門口。

說些什麼吧——不對，該說什麼呢。

大吵一架後隔了好幾年才見面，擅自為他做了許多事，然後。

連要用什麼樣的表情面對他都還沒決定，要她說什麼才好——

「啊。」

這時，已經來不及了。

門鎖發出喀嚓一聲，大門吱呀吱呀地敞開。

首先映入眼簾的，是這段期間被他穿得有點破、沾滿泥巴的靴子。骯髒的皮甲、廉價的鐵盔。腰間配著一把要長不長、要短不短的劍，手上綁著一面小盾。

是**他**。

他維持開門的姿勢杵在那裡，默默看著她。

「……頭髮。」

「啊，嗯。」

牧牛妹不知為何靜不下心，站在原地，扭扭捏捏地用手指玩瀏海。

「剪短了。」

「是嗎。」他點了下頭，隔了幾秒鐘的沉默後說道：「……是嗎。」

這個回應很有他的味道，但牧牛妹想聽的絕對不是這麼短的感想。

她微微嘟起嘴，表現出浮現在心中的鬱悶心情。

「……就這樣？」

「什麼意思。」

「還有其他的吧。例如很適合妳，或是很可愛之類的。」

——哎，不過。

就算他真的這樣誇她，她也不知道該做何反應。

他似乎也一樣，隔了一陣子，慢慢左右搖晃鐵盔。

「……我不是很懂。」

「這樣呀。」

牧牛妹笑道「沒辦法」。

然後轉身晃著走向飯廳。

沒錯，沒辦法。無可奈何。

「……不壞……我是，這麼想的。」

極為低沉、平淡、無機質的聲音。

牧牛妹反射性停下腳步。

揉亂那頭剪好的頭髮，深深吐出一口氣。

然後背對他，簡短地回答：

「……是嗎。」

「是啊。」

這樣就夠了。他平淡的話語，就足夠讓她採取行動。

走進飯廳的牧牛妹原地轉了一圈。

「欸。」

她雙手撐在飯廳桌子上，探出身子微笑。

「我做飯給你吃吧。」

「……」

「燉濃湯。你應該吃吧？」

心情不如語氣輕鬆。

完全預料不到他會怎麼回答。

鐵盔動都不動，沒有說話。

他的臉被面罩擋住，看不出表情。在生氣嗎？沒在生氣嗎？

牧牛妹偷偷吞了口口水，以免他發現。

握緊撐在桌上的手。

外面傳來牛叫聲。

接著是舅舅的聲音從遠方傳來。

還沒回答。

還沒。

「……嗯。」

「好！」

鐵盔點頭的瞬間，牧牛妹忍不住雙手握拳。

緊張緩解，反映到臉頰上。有種僵硬的什麼東西融解掉了的感覺。

「那我馬上去做。」

她拿起很久沒穿的圍裙。上次穿應該是小時候——五年前吧。

那個人教她的食譜也還大概記得。能順利做出來嗎？早知道就練習一下。

——算了。

之後有的是時間。

一切都是。全部，一件一件來。

家裡打掃好了，東西整理好了，也去洗個衣服吧。還要幫忙更多牧場的工作。

料理也是，多下幾次廚就行。然後讓他品嘗。

「啊，對了。」

忘記一件重要的事。

她從廚房探出頭。

飯廳裡，他正用僵硬的動作坐到椅子上。

她深深吸氣，開口說道。

先從這句話開始。

「歡迎回家！」

# 終章 「於是冒險者站到了棋盤上」

Character Making



喀啦喀啦，喀啦，喀啦喀啦。

依然黯淡無光的黑暗中，諸神今天也在玩擲骰子遊戲。

觸手蠢蠢欲動，玩得樂不可支的，是「豐穰」之神。

諸神迅速擴張「混沌」勢力，創造出可怕的迷宮。

棋盤上的冒險者卻努力與之對抗，令諸神為這遊戲深深著迷。

諸神歡喜地擲骰，說著「呵呵呵呵看我擊退你們」。

常有人說，所謂的神，是將棋盤上的人當成玩具的存在。

可是，如何才能從「宿命」及「偶然」手中逃出？

只有骰子知曉一切，區區玩具是做不到的。

諸神懷著發自真心的愛情，今天也認真持續擲出骰子。

喀啦喀啦，喀啦，喀啦喀啦。

在對面擲骰的，應該是「幻想」與「真實」吧。

看來他們正在創造新的冒險者。

不論多麼優秀、恐怖的迷宮，沒有冒險者就是個空空如也的房間。

當然也要有又強又可怕的怪物，才有地方給冒險者發揮。

兩位神明擲骰的結果，創造出的冒險者似乎是戰士。

凡人(Hume)，戰士，男。體力和技術都普普通通，出身及經驗也平凡無奇。

初期資金也沒有多少。不會到沒用的地步，就是平凡。

然而這跟那是兩碼子事。無論是怎樣的冒險者，對神明來說都很重要。

「幻想」與「真實」討論起被放到棋盤上的他，會展開什麼樣的冒險。

總之一開始先讓他去剿滅哥布林吧。這是基本中的基本。

偶爾會有神明一邊說著這才是冒險者的真實，只讓他們清除下水道的汙泥。這樣可不行。

隨後開始製作下一位冒險者。

蜥蜴人(Lizardman)僧侶？礦人(Dwarf)魔法師好像也挺有趣。

森人(Elf)弓手也是一定要有的……哎呀骰得真不錯。她成了上森人(High Elf)。

喀啦喀啦，喀啦，喀啦喀啦。

諸神今天也在擲骰。愉快的時間。

冒險者踏入險境，為了拯救世界不停奮戰。

不久後，其他神明也聚集到「幻想」、「真實」，以及「豐穰」旁邊。

要贏啊，上啊，快上。站起來，射擊，砍下去。啊啊，吵死了。

諸神為冒險者的致命一擊歡呼，為轉得特別用力的骰子哀號。

因此，每位神明都沒有發現。

那名戰士做了什麼。

全世界的人，包含他自己，都還不知道。

知道的——肯定只有「宿命」及「偶然」的骰子。

# 後記

大家好，我是蝸牛くも！

《哥布林殺手外傳：Year One》，各位覺得怎麼樣呢？

我寫得很努力，希望大家看得開心。

外傳！說到外傳就是會變成騎士的東西（註2），這可是外傳喔，外傳。

接到要不要出外傳的提案時，我真的很驚訝。

我看著書櫃思考該如何是好，映入眼簾的是「Year One」、「Returns」、「GASLIGHT」。

Returns 未免太早了點，拿 GASLIGHT 當副書名寫十九世紀末的故事也不錯。

不過，夢想果然還是 Year One。

身為男人，誰都會想幫自己創造的英雄的外傳取名為 Year One。

註2　指《SD鋼彈外傳》的騎士鋼彈系列及《冰與火之歌外傳：七王國的騎士》。

所以就決定是 Year One 了。讚啦！
實際上，哥布林殺手先生在本篇中已經是個熟練的冒險者。
寫他從經驗值0的等級開始奮鬥的故事很愉快。
然後 Year One 也漫畫化了，我開心得不得了。
不枉我每個月都努力活著。

足立老師，感謝您的插畫！牧牛妹跟櫃檯小姐感覺好青澀……！
榮田老師，感謝您的漫畫版！大家都可愛又性感！
各位讀者，以及在網路上為我打氣的讀者，非常感謝！
統整網站的管理員，謝謝您每次都幫忙整理作品。
各位遊戲夥伴、創作相關的朋友們，謝謝你們一直陪著我！
編輯部的各位，以及其他與本作有關的諸位人士，真的很謝謝你們！

新手冒險者，無論何時都會胸懷夢想邁進。
等我成長後想要這樣那樣，想要帥氣地打倒敵人，大顯身手，取得寶物。
大家都懷著不同的思緒，準備好裝備，思考，踏上冒險之旅。
我認為那是非常崇高的一件事，應該為他們打氣，他們是應該要用心去愛的存在。

雖然常會骰出不好的數字害他們死掉，但這跟那是兩回事。

寫這部作品時，我一直希望如果能將這份心情多少傳達出去就好了。

希望下次也能寫這樣的故事。

今後我也會努力創作，還請各位多多關照。

哥布林殺手外傳

GOBLIN SLAYER! SIDE STORY: YEAR ONE

The Dice is Cast.

：第一年

浮文字

GOBLIN SLAYER 哥布林殺手外傳：第一年

（原名：ゴブリンスレイヤー外伝：イヤーワン）

著　者／蝸牛くも　封面插畫／足立慎吾　譯　者／邱鍾仁
發行人／黃鎮隆　副總經理／陳君平
總編輯／洪琇菁　國際版權／黃令歡、李子琪
執行編輯／曾鈺淳　美術編輯／陳又荻
內文校潤／梁瓏　內文排版／謝青秀
企劃宣傳／邱小祐、劉宜蓉

出　版／城邦文化事業股份有限公司 尖端出版
台北市中山區民生東路二段一四一號十樓
電話：（〇二）二五〇〇—七六〇〇
傳真：（〇二）二五〇〇—二六八三
E-mail：7novels@mail2.spp.com.tw

發　行／英屬蓋曼群島商家庭傳媒股份有限公司城邦分公司　尖端出版
台北市中山區民生東路二段一四一號十樓
電話：（〇二）二五〇〇—七六〇〇（代表號）
傳真：（〇二）二五〇〇—一九七九

北區經銷／祥友圖書有限公司
電話：（〇五）八五一一—三八五一
傳真：（〇二）八五一一—四二五五

中彰投以北經銷／楨彥有限公司（含宜花東）
電話：（〇二）八九一九—三三六九
傳真：（〇二）八九一四—五五二四

雲嘉經銷／智豐圖書有限公司　嘉義公司
電話：（〇五）二三三—三八五二
傳真：（〇二）二三三—三八六三
客服專線：〇八〇〇—〇二八—〇二八

南部經銷／智豐圖書有限公司　高雄公司
電話：（〇七）三七三—〇〇七九
傳真：（〇七）三七三—〇〇八七

一代匯集／香港九龍旺角塘尾道六十四號龍駒企業大廈十樓B&D室
電話：（八五二）二七八三—八一〇二
傳真：（八五二）二五八二—一五二九
E-mail：hkcite@biznetvigator.com

新馬經銷／城邦（馬新）出版集團Cite（M）Sdn. Bhd.
E-mail：cite@cite.com.my

法律顧問／王子文律師　元禾法律事務所
台北市羅斯福路三段三十七號十五樓

二〇一八年十一月一版一刷



■中文版■

郵購注意事項：
1.填妥劃撥單資料：帳號：50003021戶名：英屬蓋曼群島商家庭傳媒(股)公司城邦分公司。2.通信欄內註明訂購書名與冊數。3.劃撥金額低於500元，請加附掛號郵資50元。如劃撥日起 10～14日，仍未收到書時，請洽劃撥組。劃撥專線TEL：(03)312-4212 ・ FAX：(03)322-4621。E-mail：marketing@spp.com.tw

國家圖書館出版品預行編目資料

GOBLIN SLAYER!哥布林殺手外傳:第一年 /
蝸牛くも作 ;邱鍾仁譯. -- 初版. --
臺北市 : 尖端, 2018.11-　冊 ;　公分
譯自 : ゴブリンスレイヤー : Year One

ISBN 978-957-10-8366-7(外傳 : 平裝)

861.57　107016804

哥布林殺手外傳

GOBLIN SLAYER! SIDE STORY: YEAR ONE

The Dice is Cast.

：第一年

哥布林殺手外傳：第一年

GOBLIN SLAYER! SIDE STORY: YEAR ONE

The Dice is Cast.